畢璞全集・小說・十

十六歲

【推薦序一】

老樹春深更著花

封德屏

一九八六年四月，畢璞應《文訊》雜誌「筆墨生涯」專欄邀稿，發表〈三種境界〉一文，她在文末寫道：

> 這種職業很適合我這類沉默、內向、不善逢迎、不擅交際的書呆子型人物，我很高興我當年選擇了它。我既沒有後悔自己走上寫作這條路，又說過它是一種永遠不必退休的行業；那麼，看樣子，我是注定了此生還是要與筆墨為伍了。

畢璞自知甚深，更有定力付之行動，近三十年來她持續創作，陸續出版了數本散文、小說、自選集；三年前，為了迎接將臨的「九十大壽」，她整理近年發表的文章，出版了散文集《老來可喜》。年過九十後，創作速度放緩，但不曾停筆。二〇〇九年元月《文訊》創辦的「銀光副刊」，至今刊登畢璞十二篇文章，上個月（二〇一四年十一月），她在「銀光副刊」發表了短篇小說〈生日快樂〉，此外，也仍偶有文章發表於《中華日報》副刊。畢璞用堅毅無悔的態度和纍纍的創作成果，結下她一生和筆墨的不解之緣。

一九四三年畢璞就發表了第一篇作品，五〇年代持續創作，創作出版的高峰集中在六〇、七〇年代。一九六八年到一九七九年是她作品的豐收期，這段時間有時一年出版三、四本，甚至五本。早些年，她是編寫雙棲的女作家，曾主編《大華晚報》家庭版、《公論報》副刊、《徵信新聞報》家庭版，並擔任《婦友月刊》總編輯，八〇年代退休後，算是全心歸回到自適自在的寫作生涯。

真摯與坦誠是畢璞作品的一貫風格。散文以抒情為主，用樸實無華的筆調去謳歌自然，讚頌生命；小說題材則著重家庭倫理、婚姻愛情。中年以後作品也側重理性思考與社會現象觀察。畢璞曾自言寫作不喜譁眾取寵、不造新僻字眼，強調要「有感而發」，絕不勉強造作。

畢璞生性恬淡，除了抗戰時逃難的日子，以及一九四九年渡海來台的一段艱苦歲月外，自認大半生風平浪靜。「淡泊名利，寧靜無為」是她的人生觀，讓她看待一切都怡然自得。雖然前後在報紙雜誌社等媒體工作多年，一九五五年也參加了「中國婦女寫作協會」，可能如她自己所言「個性沉默、內向，不擅交際」，多年來很少現身文壇活動。像她這樣一心執著於創作的人和其作品，在重視個人包裝、形象塑造，充斥各種行銷手法的出版紅海中，很容易會被湮沒遺忘。

然而，這位創作廣跨小說、散文、傳記、翻譯、兒童文學各領域，筆耕不輟達七十餘年的資深作家，冷月孤星，懸長空夜幕，環視今之文壇，可說是鳳毛麟角，珍稀罕見。在人們華服高軒、闊論清議之際，九三高齡的她，老樹春深更著花，一如往昔，正俯首案頭，筆尖不斷流淌出款款深情，如涓涓流水，在源遠流長的廣域，點點滴滴灌溉著每一寸土地。

感謝秀威資訊科技股份有限公司，在文學出版業益顯艱辛的此刻，奮力完成「畢璞全集」二十七冊的巨大工程。不但讓老讀者有「喜見故人」的驚奇感動，也讓年輕一代的讀者，有機會可以在快樂賞讀中，認識畢璞及其作品全貌。我們也希望透過文學經典這樣的再現與傳承，向這位永遠堅持創作的作家，表達我們由衷的尊崇與感謝之意。

民國一〇三年十二月

（封德屏：現任文訊雜誌社社長兼總編輯、臺灣文學發展基金會執行長、紀州庵文學森林館長。）

【推薦序二】

老來可喜話畢璞

吳宏一

一

上星期二（十月七日），我有事到《文訊》辦公室去。事畢，封德屏社長邀我去參觀她們蒐集珍藏的期刊。看到很多民國五、六十年前後風行文壇的文藝刊物，目前多已停刊，不勝嗟嘆。《暢流》、《自由青年》、《文星》等我投過搞、發表過創作的刊物不說，連一些當時發行不廣的小刊物，她們也多有蒐集。其用心之專、致力之勤，實在不能不令人讚嘆。於是我向她提起我高中以迄大學時期文學起步的一些往事，中間提到若干文藝刊物和若干文壇前輩對我的鼓勵和影響。其中特別提到我大學一年級，民國五十年的秋天，剛進入台大中文系讀書時所認識的一些前輩先進。像當時住在濟南路的紀弦，住在廈門街的余光中，住在南昌街菸酒公賣局宿舍的羅悟緣，住在安東市場旁的羅門、蓉子……我都曾經一一去走訪，謝謝他們採用或推薦過我的作品。過程歷歷在目，至今仍記憶猶新。比較特別的是，去新生南路夜訪覃子豪時，還遇見過魏子雲；去峨嵋街救國團舊址見程抱南、鄧禹平時，還順道去《公論報》探訪副刊主編畢璞……。

一提到畢璞，德屏立即接了話，說「畢璞全集」目前正編印中，問我願不願意為她「全集」寫個序言。我答：寫序不敢，但對我文學起步時曾經鼓勵或提攜過我的前輩，我非常樂意寫紀念性的文字。不過，我也同時表示，我與畢璞五十多年來，畢竟才見過兩三次面，她的作品我讀得並不多，要寫也得再讀讀她的生平著作，而且也要她還記得我，對往事有些共同的記憶才好。所以我建議，請德屏代問畢璞兩件事：一是她記不記得在我大一下學期（民國五十一年春），她和另一位女作家到台大校園參觀之事；二是她在主編《婦友》月刊期間，記不記得曾經約我寫過詩歌專欄。

德屏說好。第二日早上十點左右，畢璞來了電話，客氣寒暄之後，告訴我：她記得她和鍾麗珠早年曾到台大校園和我見過面，但對於《婦友》約我寫專欄之事，則毫無印象。她知道我沒有讀過她的作品集，說要寄兩三本來，又知道我怕她年老行動不便，改口說，要不然，幾天內如果我能抽空，就煩請德屏陪我去內湖看她，由她當面交給我，同時可以敘敘舊、聊聊天。

我當然贊成。我已退休，時間容易調配，只不知德屏事務繁忙，能不能抽出空暇。想不到與德屏聯絡後，當天下午，就由《文訊》編輯吳穎萍小姐聯絡好，約定十月十日下午三點一起去見畢璞。

二

十月十日國慶節，下午三點不到，我就如約搭文湖線捷運到葫洲站一號出口等。不久，德屏與穎萍來了。德屏領先，走幾分鐘路，到康寧老人安養中心去見畢璞。途中德屏說，畢璞雖然年逾九旬，行動有些不便，但能以歡樂的心情迎接老年，不與兒孫合住公寓，怕給家人帶來不便，所以獨居於此，雇請菲傭照顧，生活非常安適。我聽了，心裡也開始安適起來，覺得她是一個慈藹安詳而有智慧的長者。

見面之後，我更覺安適了。記得我第一次見到畢璞，是民國五十年的秋冬之際，在西門町附近康定路的一棟木造宿舍裡，居室比較狹窄；畢璞當時雖然親切招待，但總顯得態度拘謹。相隔五十三年，畢璞現在看起來，腰背有點彎駝，耳目有些不濟，但行動尚稱自如，面容聲音卻似乎數十年如一日，沒有什麼明顯的變化。如果要說有變化，那就是變得更樸實自然，沒有絲毫的窘迫拘謹之感。

由於德屏的善於營造氣氛、穿針引線，由於穎萍的沉默嫻靜，只做一個忠實的旁聽者，那天下午，我和畢璞有說有笑，談了不少往事，讓我恍如回到五十三年前的青春年代。那時候，我才十八歲，剛考上台大中文系，剛到陌生而充滿新鮮感的臺北，常投稿報刊雜誌，常拜訪前輩作家。有一天，我到西門町峨嵋街救國團去領新詩比賽得獎的獎金，順道去附近的《聯合報》和《公論報》社。我到《公論報》社問起副刊主編畢璞，說明我常有作品發表，就有人給了我她家的住址。距離報社不遠，在成都路、西門國小附近。那時候我年輕不懂事，大家也少用電話，所以就直接登門造訪了。見面時談話不多，記憶中，畢璞說過她先生也在《公論報》上班，她如何編副刊，還有她兒子正讀師大附中，希望將來也能考上台大等。辭別時，畢璞說了一句，聽說台大校園春天杜鵑花開得很盛很好看。我謹記這句話，所以第二年的春天，投稿信中附帶留言，歡迎她跟朋友來台大校園玩。就因為這樣，畢璞和鍾麗珠在民國五十一年的春季，相偕來參觀台大校園。

確切的日期記不得了。畢璞說連哪一年她都不能確定。我翻開我隨身帶來送她的光啟版散文集《微波集》，指著一篇〈鄉愁〉後面標明的出處，民國五十一年四月二十七日發表於《公論副刊》。經此指認，畢璞稱讚我的記性和細心，而且她竟然也記起了當天逛傅園後，我請她們到福利社吃牛奶雪糕的往事。

很多人都說我記憶力強，但其實也常有模糊或疏忽之處。例如那一天下午談話當中，我提起雨中路過杭州南路巧遇《自由青年》主編呂天行，以及多年後我在西門町日新歌廳前再遇見他，聽他告訴我「驚天大祕密」的時候，確實的街道名稱，我就說得不清不楚，更糟糕的是，畢璞再次提起她主編《婦友》月刊的期間，真不記得邀我寫過專欄。一時間，我真無辭以對。當事人都這麼說了，我該怎麼解釋才好呢？好在我們在談話間，曾提及王璞、呼嘯等人，似乎又給了我重拾記憶的契機。

我私下告訴德屏，《婦友》確實有我寫過的詩歌專欄，雖然事忙只寫了幾期，但這些文章後來都曾收入我的《先秦文學導讀・詩辭歌賦》和《從詩歌史的觀點選讀古詩》等書中，白紙黑字，騙不了人的。會不會畢璞記錯，或如她所言不在她主編的期間別人約的稿呢？

那天晚上回家後，我開始查檢我舊書堆中的期刊，找不到《婦友》，卻找到了王璞主編的《新文藝》和呼嘯主編的《青年日報》副刊剪報。他們都曾約我寫過詩詞欣賞專欄，印象中有一個與《婦友》大約同時。尋檢結果，查出連載的時間，《新文藝》是民國七十一年，《青年日報》則是民國七十七年。到了十月十二日，再比對資料，我已經可以推定《婦友》刊登我詩歌專欄的時間，應該是在民國七十七年七、八月間。

十月十三日星期一中午，我打電話到《文訊》找德屏，她出差不在。我轉請秀卿代查，傍晚她回覆，已在《婦友》民國七十七年七月至十一月號，找到我所寫的〈古歌謠選講〉，當時的總編輯就是畢璞。事情至此告一段落。記憶中，是一次作家酒會邂逅時畢璞約我寫的。寫了幾期，因為事忙，又遇畢璞調離編務，所以專欄就停掉了。這本來就是小事一樁，無關宏旨，豁達的畢璞不會在乎這個的，只不過可以證明我也「老來可喜」，記憶尚可而已。

三

「老來可喜」，是畢璞當天送給我看的兩本書，其中一本散文集的書名，語出宋代詞人朱敦儒的〈念奴嬌〉詞。另外一本是短篇小說集，書名《有情世界》。根據書後所附的作品目錄，原來畢璞的作品集，已出三、四十本。她挑選這兩本送我看，應該有其用意吧。看《老來可喜》這本散文集，可知她的生平大概；看《有情世界》這本短篇小說集，則可知她的小說特色所在。初讀的印象，她的作品，無論是散文或小說，從來都不以技巧取勝，就像她的筆名一樣，是未經琢磨的玉石，內蘊光輝，表面卻樸實無華，然而在樸實無華之中，卻又表現出一個共同的主題。一言以蔽之，那就是「有情世界」。其中有親情、愛情、人情味以及生活中的情趣。因此，讀來特別溫馨感人，難怪我那罕讀文藝創作的妻子，也自稱是她的忠實讀者。

讀畢璞《老來可喜》這本散文集，可以從中窺見她早年生涯的若干側影，以及她自民國三十八年渡海來台以後的生活經歷。其中寫親情與友情，敘事中寓真情，雋永有味，誠摯而動人。寫懷才不遇的父親，寫遭逢離亂的家人，寫志趣相投的文友，娓娓道來，真是扣人心弦。其中〈西門懷舊〉一篇，寫她康定路舊居的一些生活點滴，更讓我玩味再三。即使寫她身邊瑣事的小小感觸，寫愛書成癡，愛樂成癡，寫愛花愛樹，看山看天，也都能使我們讀者體會到「生命中偶得的美」，享受到「小小改變，大大歡樂」。「生命中偶得的美」和「小小改變，大大歡樂」，正是她文集中的篇名。我們還可以發現，身經離亂的畢璞，涉及對日抗戰、國共內戰的部分，著墨不多，多的是「此身雖在堪驚」，「老來可喜，是歷遍人間，諳知物外」。這也正是畢璞同一時代大多婦女作家的共同特色。

讀《有情世界》這本小說集，則可發現：畢璞散文中寫得比較少的愛情題材，都寫進小說裡了。畢璞說過，小說是她的最愛，因為可以滿足她的想像力。讀完這十六篇短篇小說，我們確實可以發現，她的小說採用寫實的手法，勾勒一些時代背景之外，重在探討人性，敘寫一些有情有義的故事。特別是愛情與親情之間的矛盾、衝突與和諧。小說中的人物和故事，有真有假，「真」的往往是根據她親身的經歷，「假」的是虛構，是運用想像，無中生有塑造出來的。她把它們揉合在一起，而且讓自己脫離現實世界，置身其中，成為小說中人。

因此，我讀畢璞的短篇小說，覺得有的近乎散文。尤其她寫的書中人物，大都是我們城鎮小市民日常身邊所見的男女老少，故事題材也大都是我們城鎮小市民幾十年來所共同面對的移民、出國、旅遊、探親等話題。或許可以這樣說，較之同時渡海來台的作家，畢璞寫的小說，罕有激情奇遇，缺少波瀾壯闊的場景，也沒有異乎尋常的角色，既沒有朱西甯、司馬中原筆下的鄉野氣息，也沒有白先勇筆下的沒落貴族，一切平平淡淡的，可是就在平淡之中，卻能給人親近溫馨之感。表面上看，她似乎不講求寫作技巧，但仔細觀察，她其實是寓絢爛於平淡。像〈生命共同體〉一篇，寫范士丹夫婦這對青梅竹馬的患難夫妻，到了老年還為要不要移民美國而引起衝突，高潮迭起，正不知作者要如何收場，這時卻見作者藉描寫范士丹的一些心理活動，利用廚房下麵一個小情節，就使小說有個圓滿的結局，而留有餘味。〈春夢無痕〉一篇，寫梅湘退休後，到香港旅遊，在半島酒店前香港文化中心，竟然遇見四十多年前四川求學時代的舊情人冠倫。四十多年來，由於人事變遷，兩岸隔絕，二人各自男婚女嫁，都已另組家庭，正不知作者要如何安排後來的情節發展，這時卻見作者利用梅湘的一段心理描寫，也就使小說有個出人意外而又合乎自然的結尾，不會予人突兀之感。這些例子，說明了作者並非不講表現藝術，只是她運用寫作技巧時，合乎自然，不見鑿痕而已。所以她的平淡自然，不只是平淡自然，而是別有繫人心處。

四

畢璞同時的新文藝作家，有三種人給我的印象特別深刻。一是軍中作家，以寫新詩和小說為主，強調創新和現代感；二是婦女作家，以寫散文為主，多藉身邊瑣事寫人間溫情；三是鄉土作家，以寫小說和遊記為主，反映鄉土意識與家國情懷。這是二十世紀五、六十年代前後臺灣新文藝發展史上的一大特色。這三類作家的風格，或宏壯，或優美，雖然成就不同，但套用王國維的話說，都自成高格，自有名句，境界雖有大小，卻不以是分優劣。因此有人嘲笑婦女作家多只能寫身邊瑣事和生活點滴，那是學文學的人不該有的外行話。

畢璞當然是所謂婦女作家，她寫的散文、小說，攏總說來，也果然多寫身邊瑣事，或者說，多藉身邊瑣事寫溫暖人間和有情世界。但她的眼中充滿愛，她的心中沒有恨，所以她的筆端流露出來的，每一篇作品都像春暉薰風，令人陶然欲醉；情感是真摯的，思想是健康的，真的適合所有不同階層的讀者。

一般而言，人老了，容易趨於保守，失之孤僻，可是畢璞到了老年，卻更開朗隨和，更為豁達，就像玉石，愈磨愈亮，愈有光輝。她特別欣賞宋代詞人朱敦儒的「老來可喜」那首〈念奴嬌〉詞。她很少全引，現在補錄如下：

老來可喜，是歷遍人間，諳知物外。
看透虛空，將恨海愁山，一時挼碎。
免被花迷，不為酒困，到處惺惺地。
飽來覓睡，睡起逢場作戲。

休說古往今來，乃翁心裡，沒許多般事。
也不蘄仙不佞佛，不學栖栖孔子。
懶共賢爭，從教他笑，如此只如此。
雜劇打了，戲衫脫與獃底。

朱敦儒由北宋入南宋，身經變亂，歷盡滄桑，到了晚年，勘破世態人情，不但主張不學棲棲皇皇的孔子，說什麼經世濟物，而且也認為道家說的成仙不死，佛家說的輪迴無生，都是虛妄的空談，不可採信。所以他自稱「乃翁」，說你老子懶與人爭，管它什麼古今是非，說人生在世，就像扮演一齣戲一樣，各演各的角色，逢場作戲可矣，何必惺惺作態，說什麼愁呀恨呀。一旦自己的戲份演完了，戲衫也就可以脫給別的傻瓜繼續去演了。這首詞表現的人生觀，雖然豁達，卻有些消極。這與畢璞的樂觀進取，對「有情世界」處處充滿關懷，是不相契的。我想畢璞喜愛它，應該只愛前面的幾句，所以她總不會引用全文，有斷章取義的意思吧。

畢璞《老來可喜》的自序中，說西方人把老年分成三個階段：從六十五歲到七十五歲是「初老」，從七十六歲到八十五歲是「老」，八十六歲以上是「老老」；又說「初老」的十年是人生最美好的黃金時期，不必每天按時上班，兒女都已長大離家，內外都沒有負擔，沒有工作壓力，智慧已經成熟，人生已有閱歷，身體健康也還可以，不妨與老伴去遊山玩水，或抽空去學習一些新知，以趕上時代。想做什麼就做什麼，豈非神仙一般。畢璞說得真好，我與內子現在正處於「初老」的神仙階段，也同樣覺得人間有情，處處充滿溫暖，這幾天讀畢璞的書，益發覺得「老來可喜」，可喜者三：老來讀畢璞《老來可喜》，一也；不久之後，可與老伴共讀「畢璞全集」，二也；從今立志寫自己不像傳記的傳記，彷彿回到自己的青春時期，三也。

民國一〇三年十月十五日初稿

（吳宏一：學者，作家，曾任臺灣大學中文系教授、香港中文大學中文系、香港城市大學中文、翻譯及語言學系講座教授，著有詩、散文、學術論著數十種。）

【自序】

長溝流月去無聲——七十年筆墨生涯回顧

畢璞

「文書來生」這句話語意含糊，我始終不太明瞭它的真義。不過這卻是七十多年前一個相命師送給我的一句話。那次是母親找了一位相命師到家裡為全家人算命。我從小就反對迷信，痛恨怪力亂神，怎會相信相士的胡言呢？當時也許我年輕不懂，但他說我「文書來生」卻是貼切極了。果然，不久之後，我就開始走上爬格子之路，與書本筆墨結了不解緣，迄今七十年，此志不渝，也還不想放棄。

從童年開始我就是個小書迷。我的愛書，首先要感謝父親，他經常買書給我，從童話、兒童讀物到舊詩詞、新文藝等，讓我很早就從文字中認識這個花花世界。父親除了買書給我，還教我讀詩詞、對對聯、猜字謎等，可說是我在文學方面的啟蒙人。小學五年級時年輕的國文老師選了很多五四時代作家的作品給我們閱讀，欣賞多了，我對文學的愛好之心頓生，我的作文成績日進，得以經常「貼堂」（按：「貼堂」為粵語，即是把學生優良的作文、圖畫、勞作等掛在教室的牆壁上供同學們觀摩，以示鼓勵）。六年級時的國文老師是一位老學究，選了很多古文做教材，使我有機會汲取到不少古人的智慧與辭藻；這兩年的薰陶，我在不知不覺中變成了文學的死忠信徒。

上了初中，可以自己去逛書店了，當然大多數時間是看白書，有時也利用僅有的一點點零用錢去買書，以滿足自己的書癮。我看新文藝的散文、小說、翻譯小說、章回小說……簡直是博覽群書，卻生吞活剝，一知半解。初一下學期，學校舉行全校各年級作文比賽，小書迷的我得到了初一組的冠軍，獎品是一本書。同學們也送給我一個新綽號「大文豪」。上面提到高小時作文「貼堂」以及初一作文比賽第一名的事，無非是證明「小時了了，大未必佳」，更彰顯自己的不才。

高三時我曾經醞釀要寫一篇長篇小說，是關於浪子回頭的故事，可惜只開了個頭，後來便因戰亂而中斷，這是我除了繳交作文作業外，首次自己創作。

第一次正式對外投稿是民國三十二年在桂林。我把我們一家從澳門輾轉逃到粵西都城的艱辛歷程寫成一文，投寄《旅行雜誌》前身的《旅行便覽》，獲得刊出，信心大增，從此奠定了我一輩子的筆耕生涯。

來台以後，一則是為了興趣，一則也是為稻粱謀，我開始了我的爬格子歲月。早期以寫小說為主。那時年輕，喜歡幻想，想像力也豐富，覺得把一些虛構的人物（其實其中也有自己和身邊的人的影子）編出一則則不同的故事是一件很有趣的事。在這股原動力的推動下，從民國四十年左右寫到八十六年，除了不曾寫過長篇外（唉！宿願未償），我出版了兩本中篇小說、十四本短篇小說、兩本兒童故事。另外，我也寫散文、雜文、傳記，還翻譯過幾本英文小說。到民國一〇一年，我總共出版過四十種單行本，其中散文只有十二本，這當然是因為散文字數少，不容易結集成書之故。至於為什麼從民國八十六年之後我就沒有再寫小說，那是自覺年齡大了，想像力漸漸缺乏，對世間一切也逐漸看淡，心如止水，失去了編故事的浪漫情懷，就洗手不幹了。至於散文，是以我筆寫我心，心有所感，形之於筆墨，抒情遣性，樂事一樁也，為什麼放棄？因而不揣譾陋，堅持至今。慚愧的是，自始至終未能寫出一篇令自己滿意的作品。

為了全集的出版，我曾經花了不少時間把這批從民國四十五年到一百年間所出版的單行本四十種約略瀏覽了一遍，超過半世紀的時光，社會的變化何其的大：先看書本的外貌，從粗陋的印刷、拙劣的封面設計、錯誤百出的排字；到近年精美的包裝、新穎的編排，簡直是天淵之別。

由此也可以看得出臺灣出版業的長足進步。再看書的內容：來台早期的懷鄉、對陌生土地的神奇感、言語不通的尷尬等；中期的孩子成長問題、留學潮、出國探親；到近期的移民、空巢期、第三代出生、親友相繼凋零……在在可以看得到歷史的脈絡，也等於半部臺灣現代史了。

坐在書桌前，看看案頭成堆成疊或新或舊的自己的作品，為之百感交集，真的是「長溝流月去無聲」，怎麼倏忽之間，七十年的「文書來生」歲月就像一把把細沙從我的指間偷偷溜走了呢？

本全集能夠順利出版，我首先要感謝秀威資訊科技股份有限公司宋政坤先生的玉成。特別感謝前台大中文系教授吳宏一先生、《文訊》雜誌社長兼總編輯封德屏女士慨允作序。更期待著讀者們不吝批評指教。

民國一〇三年十二月

一

端端正正地坐在她自己的書桌前面，打開了桌上的日光燈；杜璿華從抽屜中拿出一枝派克鋼筆和一本精緻的日記本，翻開日記本的第一面，不假思索就這樣的寫著：

今天是暑假的第二天，也是我十六歲的生日。媽媽說我已是大人了，她送了一個漂亮的別針給我做禮物……

才寫到這裡，她就皺著眉頭，刷的一聲把這頁撕下，揉作一團，扔到窗外去。寫得太糟了，簡直跟二弟瑋華的日記：「早上起來，吃過早餐，就上學去，放了學，就回家吃晚飯。」一樣；我已經是個高一，不，下學期就是高二的學生了，而且是個大人了，怎可寫這樣的幼稚的日記呢？

杜璿華把本子上還沒撕掉的紙邊撕得乾乾靜靜的，想了一想，在第二頁上又開始寫著：

十六個年頭像流水般的過去了，從今天起，我的生命又進入一個新階段，我覺得，我不再是一個小孩子了。

糟糕！我今夜的文思為什麼這樣枯滯？又寫不出來了，在班上我的作文還是最好的哩！想到作文，杜璿華忽地就從椅子上跳了起來，躡手躡腳的跑出房間外，到院子裡的草叢中把她剛才出去的紙團檢了回來，撕得粉碎，才拿去丟在垃圾桶裡。她的大弟弟珣華是個小頑皮，每次她的作文拿回家裡，如果他看見，一定拿出來朗誦；這正是她最受不了的事，所以趕緊把那頁未完成的日記消滅蹤跡，免得被珣華發現，惹出麻煩。

今夜家中出奇的安靜，因為爸爸帶了兩個弟弟去看電影。本來爸爸是為了她的生日而提議去看電影的，可是，爸爸選的是一張裘利路易演的滑稽片，這是她最不愛看的；其他戲院沒有一張合她胃口，於是她就寧願在家裡陪著不愛看電影的媽媽，而以叫爸爸買牛肉乾回來做條件。

媽媽房間靜悄悄的，不知道在做什麼，反正在忙著就是，媽媽真是難得有幾分鐘坐下來不做事情的。八點多了，我還是快點寫完它吧！這枝筆，這本日記，是爸爸買給我的生日禮物，爸爸叫我從現在起每天要記日記，檢討自己的生活，我不應該在第一天就交白卷啊！

她坐在桌前以手支頭，想了一想，又這樣寫著：

「我不知道做了大人將有什麼感覺，但我相信那一定是很奇妙的，在大人的世界裡一定有很多我不曾看見過的東西。我現在彷彿覺得自己是個爬山者，山峰已經在望了，山峰上有什麼景物，我非常急切地想知道。……」

「璿華！璿華！」媽媽在房間裡喚著她。

「媽，我來了！」她連忙把鋼筆和日記本收到抽屜裡，三步併作兩步跑到媽媽的房中。

媽媽正坐在床沿上，床上堆了一大堆花花綠綠的衣服。

「璿華！這些衣服顏色太艷了，我不敢穿，你穿穿看合身不合身？」媽媽說。

璿華隨手拿起一件來看，是旗袍，再拿起一件來看，也是旗袍。本來嘛！媽媽就沒有一件洋裝，人家四五十歲的老太太都穿著洋裝，媽媽還不到四十歲，偏偏就那樣保守，說怎麼都不敢穿洋裝，她說自己太矮太胖了，穿起來一定像個水桶。

「媽，這都是旗袍嘛！我才不敢穿哩！」璿華拿起一件旗袍在身上比著，不覺又失笑起來說：「媽，你看，就是我敢穿也不能穿嘛！」

媽媽一看也笑起來了。十六歲的璿華長得又高又大，五呎二吋的她起碼比媽媽高了三吋，旗袍披在她身上到膝蓋哩！

「也真是的，你這孩子長得太高了，我原來以為把腰身改細你就可穿的。這樣吧！我把這些衣服改做襯衫裙，也好讓你在這個暑假裡穿。我是老太婆了，穿得這樣花花綠綠會叫人笑。」媽媽一面笑著一面把衣服整理起來。

「媽，您不是老太婆，您才三十八歲，還年輕得很哩！」璿華最不喜歡媽媽說自己老了，她巴不得媽媽永遠是二十歲才好。

「你不要老是騙自己了，你看看媽媽眼邊的皺紋！」

璿華偎過去細看，果然媽媽的眼角已出現了好幾道皺紋；不過，她覺得這並沒有損害媽媽的美。媽媽有一張圓圓的臉，眼睛很俏，鼻子很直，嘴巴很小，笑起來有兩個淺淺的酒渦。大家都說璿華像媽媽，同學們也都說她美；但是，璿華卻常常懷疑，自己高頭大馬的，皮膚又黑，會有白胖的媽媽那麼美嗎？

「媽，我到底像不像您？」璿華撒嬌地摟著媽媽的肩膀問。對面梳妝桌的圓鏡裡，反映出母女兩人的雙影。

「有人說你像的，但你比我好看，爸爸說你是我和他的綜合體，說你秉賦了我的外形他的內在。其實我覺得你的外表也有點像爸爸，譬如說你的個子和你的捲髮。」媽媽也伸手摟住了女兒的腰肢。說到爸爸，媽媽也就不自禁露出甜甜的笑容；從媽媽的笑容裡，璿華可以看出媽媽多麼地愛爸爸。

「媽，那我是太幸運了。那麼弟弟他們呢？為什麼他們既不像您，又不像爸爸！」

「還是一點像的，珣華高高瘦瘦的，可不就像你爸？瑋華的眼睛其實也像我，只不過他患了近視，戴著眼鏡，所以看來不像吧！」

「小四眼田雞！」一想到弟弟戴著近視眼鏡，彎腰駝背的老頭兒模樣，璿華心裡就要發笑，嘴上忍不住又要把她和大弟珣華背地為他取的外號說了出來。

「你又來了，叫你們別再取笑他，你們偏不聽。你忘記了上次他氣得把眼鏡摔破不肯再戴的事嗎？你現在是大人了，別再和弟弟們一般見識了，知道嗎？」

璿華笑著答應了。

門外一陣急促的敲門聲，她連跑帶跳地走出去開了門，是爸爸他們回來了。

「姊姊，你不去看簡直是錯過了好機會！好看極了，路易可以站在天花板上倒過來走路哩。」珣華一進門就大叫著。

「我才不看哩！無聊！」璿華撇著嘴，不屑地說。

「珣華，把牛肉乾交給你姊姊。」爸爸說。

珣華把那一小袋牛肉乾拿出來，先掏出兩片放在嘴裡，然後再交給姊姊。

「貪吃鬼！」璿華笑罵一聲。

「璿華，這裡有兩塊三色冰磚，是你和媽媽的，我們都吃過了。」爸爸又交給她一個冷冰冰的紙包。

她奔跑著去把三色冰磚拿給媽媽，出來又把牛肉乾分了兩片給瑋華，接著就回到自己的房間裡。她把桌燈移到床頭，拿起一本看了一半的《黛絲姑娘》，倒在床上，一面吃著，一面看書，心滿意足地享受這段睡前的光陰。

仲夏的微風從窗口吹進室內，吹到她穿著薄綢的睡衣的身上，涼涼地怪舒服的；神遊於哈代筆下鄉村中的她，竟不知不覺的睡著了。朦朧中，她覺得有人輕輕走進房間裡，拿去她手中的書，為她蓋上毛巾毯，放下蚊帳，熄了日光燈，又輕手輕腳的走出去了。她知道這是媽媽，媽媽每晚都要來巡視她睡覺有沒有蓋被的；媽媽口口聲聲說她是大人了，可是卻還一直把她當做小孩子看待。半睡半醒的她在心裡暗笑著媽媽囉嗦，但又睏得說不出話來，轉了個身，便沉沉睡去。

二

一大清早，陽光才射進第一格窗櫺，璿華就被一陣乒乒乓乓的聲音吵醒。她睜開眼睛，不用出去看，就知道這準是大弟珣華在打球。珣華是個籃球迷，家裡沒有籃球架，他就在院子裡的一棵大樹上用鐵絲紮了一個圈圈作為球架，一天到晚在練習投籃。

若是往時，她一定會跳起來跑出去把他的球搶走，並且痛罵他擾人清夢。可是，她今天沒有這樣做，因為媽媽的話還在她耳邊響著：「你現在已經是大人了，別再和弟弟們一般見識。」她得意的笑了笑，爬起身來，把頭伸出窗外，叫著：「珣華，不要一大清早就打球，等下把爸爸媽媽吵醒了。」

「爸爸媽媽早就起來了，誰像你還這麼貪睡？」珣華在外面反唇相譏。

她氣白了臉，開了房門走出客廳，果然爸爸已坐在那裡看報，二弟瑋華也揹起書包，準備上學去。

「可憐的小四眼田雞！惡性補習下的犧牲者！放了暑假還要上學去！」瑢華望著弟弟瘦弱的背影，不禁愛憐的在心中喃喃自語。

「瑢華，你這樣早起來幹嘛？」爸爸的聲音從報紙後面發出。

「您不是比我更早嗎？珣華還說我貪睡呢！」她跑過去坐在爸爸的身邊，搶著看報上的電影台。

「你先洗臉刷牙吧！今天媽媽做了煎蛋餅，快點去吃。」爸爸又對她說。

媽媽還在廚房裡忙著哩，瑢華對媽媽說：「媽，我來幫您。」

「不用了，你快洗臉來吃吧！回頭冷了不好吃。」媽媽對她總是那樣慈愛。

吃過了又香又甜的煎蛋餅，她說要陪媽媽去買菜，媽媽又說不用，叫她多留點時間自己用功。

回到房間裡坐下，打球的聲音沒有了，珣華可能已跑出去找小朋友玩。爸爸也上班去了，屋裡就剩下她和媽媽兩人。

她把日記本拿出來，把昨天未完成的日記續完，忽然間她想起一件事，就又把日記本丟開了。她從床底下拖出一個積滿塵埃的小木箱，把蓋子打開，裡面堆滿著玩具，那是她多年來保存著的，如今，她不需要它們了。

一盒彈珠、幾本圖畫書、一隻布做的小狗和一些塑膠的小動物，這些她可以給兩個弟弟；有了這些玩具，珣華一定不敢再和她抬槓的。可是，這個洋娃娃，這些小炊具和一些專屬於女孩子的小玩意又如何處理呢？她沒有妹妹，也沒有堂妹或表妹一類的親戚，去送給誰好呢？小玩意她也許可以留起來，或者分一些給同學；至於洋娃娃和小炊具……。哦！對了，我為什麼不拿去送給對門韓家的一個小妹妹呢？那是個可愛的小女孩，以前還常常纏著我要我講故事給她聽的哩！

她把小炊具放在一個紙盒裡，一手抱著洋娃娃，就走到對門韓家去敲門。出來開門的是韓家的大兒子，去年去了臺南上大學的韓健中。璿華認得他，他卻好像記不起她是誰了。

「請問你找誰？」韓健中用似乎忍著笑的古怪表情瞪著她。

「我找小玲。」璿華滿面尷尬地說。此刻，她才發現自己抱著個洋娃娃的怪模樣。

「小玲，有人找你。」韓建中向屋裡大聲的叫，叫完了並不走開，依然瞪著她。

小玲像隻活潑的小鳥般從屋裡跳躍著出來，一看見璿華就高興的叫：「杜姊姊！」

「小玲，你看我給你帶了什麼來了？」璿華蹲下去跟小玲說。

「啊！多可愛的洋娃娃！還有，這些有趣的小碗小碟小鍋。杜姊姊，你把這些送給我？」

小玲睜大了圓圓的眼睛。

「是的，杜姊姊長大了，不要再玩玩具了。」璿華臉紅紅地說，因為她發現小玲的大哥還站在旁邊。

「杜姊姊真好！謝謝杜姊姊！」小玲把洋娃娃和那盒炊具緊緊抱在胸前，用感謝的眼光望住璿華。

「小玲，杜姊姊要回去了，再見！」她站了起來，避過韓健中的目光，轉身便走。

「你原來就是對門杜小姐，你長大了，所以我剛才不認得你，真對不起！」韓健中卻及時地叫住了她。

一直被這個相識而不曾說過話的男孩子盯視著，璿華本已渾身不自在，如今，他竟開口和自己說話，她就更加不知如何是好。一時間，但覺臉上熱辣辣的，連耳根也紅了。

「沒有關係！再見！」她匆匆地說完了，轉身就逃。

一個上午，她都坐在書桌前發呆，心房迄自砰砰地跳個不停，面前攤著暑期作業，卻是一個字也寫不出來。那雙深湛的眸子和充滿著友情的注視，已清晰地印在她的腦海中，怎樣也拂拭不去。

午飯後她睡了一個午覺。午後，太陽威力漸漸加強，一直坐在窗前，想藉功課除去腦中雜亂思潮的她，但覺頭昏腦脹，彷彿困在蒸籠裡一樣。

「杜璿華！杜璿華！」門外有人在叫喚著她。

頭部像裝了無數石子，沉重得直往下墜；眼皮澀得撐不開；手已不聽指揮，筆尖劃在紙上像一條條蚯蚓；呼吸也似乎快要窒息了。這一聲呼喚，像把她的靈魂從蒸籠中救起，她眨了眨眼睛，還沒有辨別出是誰在叫她，就本能地大聲答應：「我來了！」

門外站著的是她的三個同學：高芬蘭、馬少珍和孫眉眉。高芬蘭長得像她的姓一樣，又瘦又高；馬少珍和孫眉眉卻是兩個矮胖的冬瓜；兩個矮冬瓜把高芬蘭夾在當中，看來就活像一個山字。三個人一看見璿華，一齊就叫：「杜璿華，我們游水去！」

聽見「游水」兩個字，她立刻就似服了清涼劑，睡魔也不知跑到哪裡去了。

「好的，我先去告訴媽媽，你們進來坐一下吧！」

她跳躍著去告訴媽媽，又收拾好游泳用具，就和高芬蘭三個人歡笑著走了。偌大一間屋子，只剩下媽媽一個人獨守著炎夏的永晝。

穿著那件媽媽新替她買回來的蛋黃色游泳衣，璿華和高芬蘭、馬少珍、孫眉眉一起從女更衣室走向河邊，才走了幾步，就發現坐在河灘上的無數弄潮男女的眼光都投向自己。她紅著臉，低著頭，緊緊地拉著身邊的馬少珍的手，惟恐她棄她而去。

當她們走過幾個太保模樣的青年人旁邊時，怪叫聲和口哨聲立刻跟著發出。她下意識地把披在身上的大毛巾圍攏了一些；馬少珍卻是氣憤地轉過頭去向那些太保們吐舌頭做鬼臉。於是，就更加引起了一陣輕狂的大笑，嚇得她們拔腳就跑。

也許是因為體格的關係，學了兩年游泳的璿華，泳術已相當高超；在綠波裡，她就像一條翻騰上下的美人魚。然而，就是由於她的靈活的泳姿和健美的身段，使得她在水裡也不得自由清靜。岸邊，固然已有幾個醉翁之意不在酒的閒人站在那裡欣賞；在水裡，也不時有些不良少年故意游到她們身旁搗蛋。她又氣又惱，只好拉著同伴們上岸去。

她們找了一處人少的地方坐著休息，互相怨嘆著玩得不痛快。嘴快的孫眉眉就說：「我看這全是杜璿華惹的禍，誰叫她長得這樣美呢？」

已經滿懷委屈的杜璿華一聽，立刻眼圈一紅；她低下頭，拼命把眼睛一眨一眨的，才把眼淚忍住了。

「孫眉眉，你怎麼啦？難道長得美也有罪？你為什麼不去怪那些壞男人，反而怪起杜璿華來？」高芬蘭在打抱不平。

「我又不是怪她！我的意思是說：假如沒有她，那些壞男人是不會看咱們一眼的。」孫眉眉鼓著兩個胖胖的腮梆子說。

「孫眉眉，今天算我對你不起。以後，請你放心，我絕對不再拖累你們，因為我發誓不再游泳了。」璿華氣得渾身發抖，甚至連說話的聲音都是顫抖的。她站了起來，對馬少珍說：「我不想玩了，馬少珍，你陪我回去好不好？」

回到家裡，媽媽迎著她，詫異地問：「咦！今天怎麼這樣快就回來？」

「人太擠了，沒有什麼好玩的，所以我們都提早回家了。」她別轉頭回答，恐怕媽媽看見她眼淚盈盈的雙眸。

她藉口洗澡，躲到浴室裡去哭，足足洗了一個鐘頭才出來。對於自己那豐滿的、發育得像成人一樣的肉體，她第一次感到煩惱，過去，她對這事並沒有多大注意的。大概是靠近一年以前，她開始聽到同學們對她的身段表示羨慕，她們羨慕她長得高，腿又長又細，腰也那麼小；而她的那些同學們，卻總是為自己個子矮、腿粗和腰粗而苦惱。

「這大約就是做大人的滋味吧？」璿華一面對鏡穿衣，一面這樣想。「哼！我才不稀罕那些什麼標準的三圍哩！像高芬蘭那樣竹竿似的，或者像馬少珍、孫眉眉她們矮冬瓜似的，不是可以免卻不少煩惱嗎？不過，那個樣子該多難看呵！」

望了望鏡中那個纖穠合度的影子，她終於滿意地笑了。

不知道是由於心理作用還是什麼，從這天起，璿華覺得每次上街總有許多人向她注目，而這些又大多數是青年人。對於那些注視她的人，如果她看來還順眼的，她就會因此而嬌羞地低下頭；對於那些看來不順眼的，如今她不再示弱了，她往往怒目相向，使得對方知道她不易欺負。

爸爸和媽媽的朋友們來坐，看見了她，也必定大大誇獎一番。

「這是你的大千金？長得真美！怎麼不去參加競選中國小姐呀？」這幾乎是每個來客都說的一句話。

「她年齡不夠，還只有十六歲哩！」在爸爸媽媽這句簡單的話裡，包含著驕傲的成份，這是她和客人都聽得出來的。

「我真有資格去競選中國小姐嗎？」每一次，瑨華被人讚美過後，一定躲在房中，拿起那面梳頭用的圓鏡，細細端詳自己。果然，鏡中的她，臉龐一天比一天紅潤；頭髮一天比一天烏亮，額上的一綹天然髮鬈也更加捲曲有緻；兩片紅唇，就像一朵含苞未放的玫瑰花一樣。

三

暑期作業真多，尤其是討厭的代數，隔一天就有一個習題，彷彿永遠都做不完似的，煩死了。

是上午十一時左右的光景，媽媽在廚房做飯，燉肉的香味充滿了整個屋子，使人開始感到肚餓。

珣華自己的功課做完了，又在院子裡乒乒乓乓地打著球。璿華坐在窗桌上離開著代數習題，一個上午才做了三題，有幾題老是做不出。她的頭腦很空虛，肚子也很空虛；心裡本來就煩，打球的聲音又使她更煩。她很想出去發作一頓，但終於又忍住了。

xyz，abc，還有無數的阿拉伯數字，聯結成道道箍子，把她的頭腦緊緊束住，現在，她的頭腦不僅空虛，而且隱隱作痛了。

「杜姊姊！」一個稚嫩的聲音在叫著她，這聲音很遙遠，又似很近。

就在她轉頭去的時候，她發現她的房門外探進一個小小的頭顱。

「呵！原來是小玲！你什麼時候進來的？」璿華站起身來去迎接這位小客人。

「是珣華哥哥給我開門的。杜姊姊，這個東西我送給你。」小玲走進房間來，雙手捧住一小盆石竹花，放在桌子上，這是一個很精緻的翠綠色瓷質花盆，三四朵淡紅色的石竹花正半開看。

「小玲，你這是為了什麼？」璿華詫異地問。

「前幾天杜姊姊送了那麼多玩具給我，所以我也要送一些東西給杜姊姊。」

「不，小玲，那些玩具是杜姊姊不要玩了，才送給你的，你不必送東西給姊姊。」璿華把手收在背後，怎樣也不肯拿。

「杜姊姊，這是我大哥叫我拿給你的，如果我拿回去，他會罵我笨。」小玲說著，眼睛一面望向窗外。璿華跟著她的眼光望去，在韓家的窗口內，她彷彿看到一個人影。

「什麼？是你大哥叫你拿來的？」那雙深湛的眸子又出現在她的眼簾上，她的臉不覺變得緋紅。

「是的，我大哥說拿了人家東西就得還送，所以他去買了這個小花盆，又在院子裡剪了這株花種上去，叫我拿來送給你。杜姊姊，你說，這盆花好看不好看？」小玲又說。

「這盆花的確得好看，可是，小玲，我不能收下。」璿華看著那幾朵半開的紅花，內心蘊結著又羞又喜的感情。

「不嘛！杜姊姊，我要你收下嘛！不然我大哥要罵我的。」小玲乾脆倚到璿華的懷裡撒起嬌來了。

璿華恐怕她鬧起來，惹得珣華跑進來反而不妙，只好哄著她說：「好！好！我收下，那麼謝謝你和你的大哥了。」

小玲跳跑著回去了。璿華把花擺在案頭左側，這旁邊正好進一個裝著她的小照的鏡架；影裡的她在微笑，盆中的花朵也在微笑，真不知人比花嬌，還是花比人嬌？

她索性把代數習題收起來，坐在桌前，只是呆呆地望著那盆花出神。韓健中為什麼要送我花？他真的是為了我送給他妹妹一些舊玩具而操心嗎？還是他對我有意思？大家對門而居多年了，過去，他是不大理會我們這些孩子的；在我的記憶中，他是個很神氣的中學生，彷彿高不可攀，想不到上了大學反而變得和氣起來了。一想到他那天對著自己充滿友情的注視，笑渦就浮在璿華的頰上。她從窗口望向對門，門的內外都是靜悄悄的，連半個影兒都沒有，心底不覺有點微微的悵惘。

媽媽看到了她桌上的花盆連忙讚美，問她是哪裡得來的。她告訴媽媽，因為她把洋娃娃給小玲，所以小玲拿這個來送給她。

「六、七歲的孩子哪懂這套？這一定是韓太太叫她送的，什麼時候我得去謝謝韓太太。」媽媽說。

「一小盆花不必麻煩您了，我自己去謝過了不就得了嗎？」璿華撒著謊。她唯恐媽媽真的去謝韓太太，那麼兩家人就都知道韓健中送花給她的事了，其實，媽媽整天忙著，難得到鄰居去串一次門兒，除了在菜場上碰到以外，她是沒有機會跟韓太太說的。

案頭擺了這一小盆石竹花，使她心頭感到清涼，炎夏的熱浪對她已不那麼難受了。差不多有一個星期的光景，她足不出戶，天天乖乖地待在家裡做功課和看小說。高芬蘭她們再來約她去游泳，她毫不考慮，一口就推辭了。在這些日子裡，她並沒有感到無聊，那一盆石竹花就是她的安慰。韓健中似乎也是極少出去的，因為她難得看見他從門內出來；如果偶然有一次被她看到了他高高的影子，她就會心滿意足地遐想半天。

四

這天是星期日，家裡很熱鬧。爸爸沒有上班，正老興不淺地和珣華在院子裡打球。瑋華不用去補習，但還得伏在桌子上做算術。璿華幫媽媽在廚房中包餛飩，因為天氣太熱了，大家都不想吃飯。

餛飩包了一半，大門外傳進來一陣清脆的笑聲，跟著，滿頭大汗的爸爸便領著一位一身雪白的中年女性走進廚房來。

「媽，方阿姨來了。」璿華首先發現了來客。

「方芷，總算你來了。該死的你，算算看你有多久沒有來過？」媽媽一看見方阿姨就變得活潑起來了。方阿姨是媽媽中學時代的同學，兩人見了面，總是大聲的說著笑著，彷彿又變得和璿華一樣大小。

「不用算，是一個月零一個禮拜，這一陣子，改卷子，算分數，簡直是把我累壞了，你還好意思怪我？璿華怎麼樣？期考的成績還好吧？」方芷站在桌旁，一面說著，一面拿起一片餛飩皮就要包餡子。

「方芷，我看你還是去換件舊衣服吧！省得把你這身漂亮的夏裝弄髒了。璿華，你陪方阿姨到我房間，隨便拿我的一件衣服給她換。」媽媽對女兒說。方芷每一次來，總要逗留一整天，而每一次，媽媽也一定讓她換上自己的舊衣服，使她舒服。

中等身材的方芷，以前穿著媽媽的衣服固然都是晃晃蕩蕩的，而且僅僅蓋過膝部；但是都沒有今天穿起來那麼難看。不知道是媽媽又胖了呢，還是方芷瘦了？穿上老同學的一件半舊綢旗袍，簡直就像個衣架子，裡面空空如也，看得璿華笑彎了腰。

「方阿姨，你一定是瘦了。」璿華說。

「是的，很可能是我瘦了。考試忙累是原因之一，還有天氣也太熱了。」

「方阿姨，你不要穿媽媽的衣服，穿我的好不好？這幾天媽媽給我做了些衣裙，你的身材和我差不多，一定能穿的。」

方芷凝視著璿華，微笑著說：「璿華，一個多月不見，你又長大了。看見你們長大，我就感到自己又老了一些，我是老太婆了，怎好意思穿你們小女孩的衣服呢？」

「方阿姨，你又來了！你和媽媽為什麼總喜歡說自己是老太婆？我也不是小女孩，方阿姨，你以後不要再這這樣說！現在，你到我房間裡，我選一套衣服給你穿。」璿華說著就去拉方芷的手，方芷拗她不過，只好跟著她走。

璿華拿出媽媽最近為她改好的一件白底綠點綢襯衣和一條淡綠的窄裙，關好房門，就要方芷換上。方芷的皮膚很白，但卻是屬於貧血那種蒼白，和媽媽的天然白皙不同；當她穿上這身綠以後，就顯得更加蒼白了，然而璿華卻覺得方芷這樣反而有一種超凡入聖之美。

憑良心說，方芷不算好看，她的臉和她的身材都是平庸的，中等的，沒有特徵，也沒有缺點。她也沒有怎麼打扮，除了口紅什麼都不擦；燙過的頭髮剪得短短的遠遠望去就像個女學生。璿華常常將方芷和媽媽比較，她覺得方芷比媽媽年輕，風度也比媽媽好；媽媽的臉雖然美，但是媽媽太不會裝扮，給予人的印象就像個沒受過什麼教育的家庭主婦，其實媽媽也唸到高中畢業的呀！

「方阿姨，你好年輕好漂亮啊！來，去給媽媽看。」她衷心地稱讚著方芷，一面又去拉她的手。

「難看死了！一大把年紀穿這種小姑娘的衣服！」方芷蒼白的臉上泛起了一片紅暈。

媽媽看見方芷也叫了起來了。

「方芷！你穿上洋裝簡直年輕了十歲嘛！也真虧這孩子想得到，我的衣服是太不合你穿了。」

「今天真倒霉！被你們母女兩人任意擺佈。淑惠，我警告你，你再說一句，我就要走的了。」方芷假裝著生氣，一面就動手去包餛飩。

方芷來了，一家這個星期日就過得更熱鬧。中午時他們吃餛飩，爸爸還去買了一些滷菜和兩瓶啤酒回來。爸爸自己喝了一瓶，另外一瓶，媽媽和方芷都只倒了一小杯就不要了。珣華瑋華兩個小鬼嚷著要喝，爸爸給他們嚐了一口，卻是叫苦不迭。璿華也嚐了一口，起初的確是覺得有點苦，但是，過後卻感到有一種甘涼的滋味。

「爸爸，我也喝一杯好不好？」她竟然愛上了這種苦澀的汁液。

「淑惠，你的女兒要喝酒了，你說要不要給她？」爸爸在徵求媽媽的意見。

「女孩子還是不要喝酒的好，給她一點點好了。」媽媽說。

「不要緊的，啤酒有很高的營養價值，喝一小杯也無妨。」方芷在幫她的忙。

「看你方阿姨面上，就給你一杯，將來長大可不要變成了女酒鬼呵！」爸爸笑著，給女兒滿滿斟了一杯。

璿華不好意思地低著頭，卻發現坐在她對面的珣華正向她做鬼臉。

下午方芷帶他們姊弟三人去看電影，還請他們去吃冰淇淋；最後，璿華邀她回家吃晚飯，她卻不肯，她說，她最近比較忙，過些日子空閒一些，她要帶璿華到她家去住幾天。

聽了這個好消息，璿華興奮極了。她一直就很喜歡方芷，她常常傻想著：為什麼方阿姨不住在他們家裡？為什麼方阿姨不到她所讀的學校去當老師？我又為什麼沒有考上方阿姨的學校呢？假如方阿姨是我的老師多好呵！她又溫柔又和氣，一定不會罵人的。她還紅著臉的想：她是媽的同學，分數也一定會多給我一些的吧？

「媽媽，媽媽，方阿姨說要帶我到她家裡去住。」一到家，芷華就忍不住大叫起來。

「我也要去。」珣華在一旁也嚷著。

「方阿姨才不要你去哩！你這個搗蛋鬼。」璿華在報復弟弟中午時對她做的鬼臉。

「你們別吵，爸爸在睡覺哩！」媽媽從房間裡出來，把房門帶上，就到廚房去準備晚飯。

璿華跟著媽媽進去，沒頭沒腦的又問：「媽媽，方阿姨人這樣好，她為什麼不再結婚呢？」

「你這孩子真多事！你問這個幹嘛？」媽媽白了她一眼。

「人家關心方阿姨嘛！媽媽，你說她現在有沒有男朋友？」她不放鬆地又追問下去。

「這不關你們小孩子的事。」媽媽忙著淘米，不大理會她。

「你說過我是大人了，現在又說我是小孩子，到底我算是大人還是小孩子嘛！」她撅著嘴，不高興的說。

「從你的個子上看來，你已是大人了；但在我們大人眼中，你還是個小孩子。」媽媽聽出她不高興的聲音，抬起頭來慈藹地望著她說。

「媽，天氣太熱了，大家都不想吃飯，晚上還是燒綠豆稀飯吧！」她抑制住脾氣，自動把話題轉換了。媽媽又把她當小孩子看待，看來是問不出眉目來的，不如等到到方阿姨家去住時，再直接的打聽吧！以前只聽媽媽說方阿姨已經離婚了，她為什麼要離婚？現在一個人生活不孤寂嗎？

五

昨天晚上看小說看到很晚，今天有點不願起床，當她整理停當，走出巷口時，她腕上那隻考上高中時爸爸買給她的手錶已指著七點半了。她匆匆忙忙趕到公共汽車站，站上只疏疏落落地站著兩三個人，看來是上一部車子才開出不久。她焦急地不停的望著手錶，也不停地張望著馬路的另一端。

「杜小姐早！」一個陌生的男性聲音在她身旁發出。

她驚慌地轉過頭去，誰這樣稱呼她呢？原來是正在等車的乘客之一，那個揹著釣魚桿，提著個竹簍子的青年人。他為什麼認識我？帶著張惶的表情她抬頭看了看那個人的臉，她的心又開始砰砰地跳了。

一雙深湛的眸子正充滿著友情凝視著她；筆直的鼻子下面那兩片薄薄的嘴唇也綻開了友善的微笑，這個溫文爾雅的少年正是送花給她的韓健中。

「韓先生早！」她躊躇了一下，終於這樣說。

「別叫我韓先生，那會使我自覺已經三十歲。」韓健中笑著說。

「那你也別叫我小姐，我還是第一次聽見人這樣叫我，怪彆扭的。」她看著自己的足尖說。

「那我叫你什麼好呢？」他問。

「叫我杜璿華。」

「你也叫我韓健中。」

「不行，你比我大。」她的臉驟然紅了起來。「我叫你韓大哥好不好？」

「好的，小妹妹！」他俏皮地一笑。看了看她身上的制服，又問：「你今天為什麼要上學去？」

「我們今天要去取成績單。」

「你的功課一定很好。」

「才不好哩！我有點擔心要留級。」

車子來了，他讓她先上去，自己跟在後面，上去坐在她旁邊。車子很空，但是前面有兩個她不認識的同校同學，她覺得和他坐在一塊很窘，把身子挪開了一點，一路上都不開口。他也沉默著，等到車子到了她學校的前一站時，他忽然問：「那盆石竹花開得還好嗎？」

「開得很好，謝謝你。」她小聲地說。

「你還喜歡它吧？」

「喜歡。」她的聲音小得只有自己聽得見。

「你喜歡釣魚嗎？」他在玩弄著釣魚桿的絞輪。

「哦不知道，我沒有釣過魚。」

「改天我帶你去釣魚好不好？」

「我到了，再見！」她沒有回答，跳下車走了。

他痴痴地望著她的背影，一縷溫馨的感覺自他的胸臆間升起。

帶回來的成績單成績並不理想：理化、代數都只有六十幾分，幾何七十，史地平平；惟有國英兩科差強人意，國文八十八，英文八十五。對自己這樣的成績她並不在乎，因為她一直就討厭數理化，喜歡國文和英文；她已一心一意準備將來要投考中文系或外文系，長大後，從事寫作。

不知道他讀的是哪一系呢？她很自然就想到了韓健中，今天忘記問他真可惜！下一次再問吧！但是，誰知道，什麼時候才見到他呵？她凝視著桌上的石竹花，也凝望著對門的窗口，感到了淡淡的惆悵。

媽媽從來不怎麼注意她的學業，她注意的是兒女們的生活起居，璿華知道媽媽的性格，成績單拿回來並沒有拿給她看，而媽媽也沒有向她要。爸爸是個最開明的父親，從來不責打孩子們，他對於那兩科六十幾分的沒有說半句話，相反地，只是大大誇獎璿華國英兩科的成績。

「唔！不錯？珣華，瑋華呀！你們的姊姊可真了不起！將來一定是個女作家哩！」爸爸拍著女兒的肩膀大叫著，一面就從褲袋裡拿出二十元交給女兒說：「這些錢拿去買兩本文藝書看看吧！選你自己喜歡看的！」

「謝謝爸爸！」璿華感到有點不好意思。

「動不動就給錢，看你把孩子寵成這個樣子！」媽媽嘴裡這麼說，但臉上卻堆著笑。

「她不是小孩子了，她懂得怎樣去花的。」爸爸慈祥地看著她說。這一下，璿華又覺得自己是個不折不扣的大人了。

「爸爸！」珣華在一旁叫著，欲言又止。

「什麼事？」

「我和弟弟都沒有。」珣華哭喪著臉說。

「沒有什麼？哦！我知道了，你也想要獎金對不對？想想看你們是什麼成績？珣華的英文是六十分，瑋華的音樂美術和體育也都是六十分，給什麼獎金？」爸爸半認真半開玩笑的說。

「人家英文是剛學的嘛！」珣華快要哭出來了。

「我們這個學期根本就沒有上過音樂美術和體育，到了期考老師就胡亂的考我們，叫我們怎麼會嘛？」被繁重的功課壓迫得過度沉靜的瑋華也可憐兮兮地分辯著。透過那兩片近視眼鏡，他的眼睛大得驚人。

「瑋華真是怪可憐的，看他瘦成這個樣子，下學期六年級功課更忙，怎吃得消？」媽媽望著她最小的兒子，萬分憐愛地說。

「好，瑋華情有可原，他的主要科目成績還不壞，獎十元！」爸爸又掏出十元交給瑋華。

「爸爸偏心！」珣華眼看姊姊和弟弟都有獎金，心中更不服氣，就大膽地跟爸爸頂撞起來。

「什麼？你說爸爸偏心？」兒子的過度勇敢，使爸爸大感意外，他忍著笑問道。

「姊姊那兩科只有八十幾分爸爸就獎她二十塊錢，人家也有八十幾分的科目嘛！」珣華的嘴唇撅得高高的。

「哪一科？怎麼我沒有注意到？」爸爸吃驚地說。

「我體育八十六分。」珣華避過爸爸的目光，怯怯地說。

「哦！原來是體育！哪能跟姊姊比呢？」爸爸存心作弄他。

「爸爸偏心！」這一次，珣華忍不住發作起來了。他大叫了一聲，嘴唇一扁，眼圈一紅，大顆的淚珠就滾了下來。

「你看，無緣無故的又把孩子惹哭了。」媽媽在責備著爸爸。

「爸爸，體育八十幾分也很難得，您也獎他嘛！」璿華在替弟弟打圓場。

「傻孩子，爸爸剛才是跟你開玩笑的呀！哪！這五塊錢給你買糖果吃。體育不能跟國文英文比，獎五元你不會說爸爸偏心吧？」爸爸笑了笑，又拿出五塊錢來。

珣華賭氣不肯來接。璿華替他拿了，拉著他的手走進自己房間，溫柔地對他說：「爸爸只是和你開玩笑，別氣了。明天你陪我上街去買書，剩下來的錢，我請你吃冰淇淋好不好？」

「那麼我請你喝汽水。」一想到有冰淇淋可吃，又有錢可花，珣華就樂了。

「不必了，那五塊錢你留著自己用吧！」

珣華走出去的時候，璿華又喚住了他：「珣華，你去釣過魚沒有？」

「沒有，媽媽不是不准我們去釣魚嗎？」

「嗯！你想釣魚好玩不好玩？」

「我想一定很好玩。姊姊，你為什麼想到釣魚？你是不是要帶我們去？」

「都不是，我只是偶然想起罷了！釣魚不是夏日最好的消遣嗎？」

要是能和他一起釣魚多好，她不自覺地又看了窗外韓家的大門一眼。

六

方芷又到杜家來玩，晚上回去時，果然帶著璿華同去。璿華懷著興奮的心情，收拾著衣服和盥洗用具，而且還帶去了日記本和每天必需做的功課。

「淑惠，我要你的女兒在我那裡住一個星期，你放心嗎？」方芷笑著問璿華的媽媽。

「住一年也放心，我看我這個女兒乾脆送給你算了。」媽媽也笑著說。

「哎喲！嘴裡說得多慷慨！你要記得，女兒只有一半屬於你，另外一半是屬於杜大哥的呀！你有權送給我？」

「那你去問你的杜大哥好啦！」

「不用問，我絕不答應！方芷，你借我的寶貝女兒可不准超過一個禮拜啊！」爸爸一面看晚報，一面在旁插嘴。

「放心吧！我不會把你的女兒拐走的。」

大家笑著，送方芷和璿華出了大門，在門口媽媽還對璿華千吩萬咐的，彷彿當她是去出遠門。

方芷住在川端橋畔，她分租了人家的一間房間，才搬來不過半年光景，璿華和她媽都沒有來過。

屋子是日式的，打了蠟的地板光可鑑人。方芷用一道印著東方風味圖案的布幕把房間分隔為內外兩間，裡面是一張舒服的大床、衣櫥和梳妝桌。外面佈置了一套淡紅色的沙發，一張書桌和一個電唱機；書桌擺在窗口，可以看到黑夜中川端橋上兩列整齊的燈光。

「方阿姨的家好漂亮！」璿華一進門就稱讚著，同時，她想起了自己的家。媽媽是個出名的能幹主婦，她的烹飪術很高明，女紅也很精巧；但是，對於房屋的佈置，她似乎就沒有用過心思，多年來，她們的客廳就永遠是呆呆板板地擺著幾件木家具。至於爸爸，他是不管這一套的，他最注重的就是吃，除了吃以外，什麼也引不起他的興趣。

「真的嗎？你喜歡這樣佈置？」方芷問她。

「太喜歡了！我覺得我們的家真糟！」她坦白說出了心中的感想。

「也不能說糟，有孩子的家庭總不能和單身人的住所比較的，憑良心說，你媽已經為你們一家貢獻了不少心力的了。」

「我知道，媽一天到晚在忙。方阿姨，我覺得媽和你也是完全不同的，就好像我們的家和你的家一樣。」璿華又說。她不是不愛她的媽媽，可是，在下意識裡，她總希望媽媽能像方阿姨一樣。

方芷聽了璿華的話，心暗暗吃驚。她想，媽媽是多麼不容易做呵！尤其是做一個快要長大的女孩子的媽媽。表面上，她卻笑著說：「我和你媽本來就是不同的嘛！她是三個孩子的母親，地道的家庭主婦；我是個教員，又沒有孩子。」

「我將來長大了不要結婚生孩子。」璿華突然這樣說。

「為什麼？」方芷更加吃驚了。

「結了婚的女孩子就得像像媽媽和對面的韓媽媽，還有許多鄰居的太太們一樣，一天到晚就是買菜燒飯洗衣帶孩子，多沒意思！」璿華露出不屑的表情。

「結婚生子是女人的天職。」方芷說到這裡，自覺失言，又改口說：「璿華，你還小，跟你說這些道理也許還早一點。天也不早了，我來沖牛奶給你喝，然後我們躺到床上，聽幾段音樂就睡覺。」

當她們喝過牛奶，穿著睡衣，躺在那張寬大舒服的床上時，方芷問她喜歡聽什麼歌曲子。

「有沒有派特朋的唱片？」璿華對於音樂幾乎全無所知，她從同學口中和銀幕上知道了幾個時下的歌星的名字，就隨口說了出來。

「噢！對不起！原來你是個熱門音樂迷，我這裡有的卻全是古典音樂唱片哩！」方芷失笑地說。

「方阿姨，隨便你放什麼唱片吧！反正我什麼都聽不懂，熱門音樂和古典音樂對我都是一樣的。」

「唉！可憐的孩子！我們的音樂教育可說完全失敗了。」方芷搖搖頭不再說話，她去放了唱片，卻不來睡。璿華探起身偷偷的向幕外張望，她看見方芷坐在一張沙發上出神。

美妙的小提琴聲在空中浮動著，璿華不懂得那是什麼曲子，不過她直覺到旋律非常悅耳。她閉目瞑想著，想得很多很遠，終於在優美樂趣的催眠中進入夢鄉。

第二天早晨她醒得很早，睜眼看見方芷還在睡著，就想偷偷的先起床；可是，她才一轉動身體，方芷就醒了。

「這麼早就起來？」方芷打著哈欠問。

「方阿姨你睡吧！我是起早慣的。」

「我也不是個睡懶覺的人呀！」方芷說著也就爬起來了。「來，我們現在就梳洗，回頭我帶你到河邊散步，然後到街上喝豆漿。巷子口的那攤豆漿聽說非常好，但我一個人總不敢坐在街上喝，現在有你陪我，我們就可以天天去光顧了。」

新店溪畔的早晨，清氣撲人，河面上波光粼粼；河水，沙洲，和對岸的房舍，在朝暾的照耳下都似鍍了一層金，光華四射，使人目眩。璿華緊挨著方芷，靠在川端橋的橋欄上，望著橋下的流水，她覺得這樣的生活很新鮮，也很有趣。

「方阿姨，你是不是天天都到這裡來散步？」她問。

「才不哩！我一個人就沒有這個興趣。」

璿華很想乘機問她為什麼不結婚，結了婚不就有人陪了嗎？但是她問不出口，她怕方芷怪她多事。

「方阿姨住在這個地方多好！我們那裡四周都是人家，出了巷子就是鬧市，到處都是塵埃和垃圾，要是能搬到這裡住就好了。」

「這孩子真怪！好像凡是與我有關的東西都是好的！」方芷看她老是稱讚自己，忍不住的發笑了。

「真的，我有點崇拜方阿姨哩！」璿華望著方芷那蒼白卻是明淨素雅的臉，大膽的說出自己的心聲。

「別跟你方阿姨開玩笑吧！我有什麼值得你崇拜的？」方芷雙手扶著橋欄，大聲的笑了起來。

「方阿姨你別笑我嘛！您有學問，人又好，所以我崇拜您。」璿華臉紅紅地說。

「傻孩子！別說了，再說我也要臉紅啦！」方芷伸手摸著璿華的頭說。「你恐怕肚子也餓了吧？來，我們喝豆漿去！」

今天她們兩人的胃口都很好，每人喝了一大碗又香又濃的甜豆漿，一副燒餅夾油條，竟然意猶未盡，又各吃一個蟹殼黃。

回到家裡，方芷說：「以後我們上午各自做自己的事；下午去玩或去游水；晚上我教你讀讀詩詞和聽音樂。你同意我這個時間表嗎？」

「我同意，不過，游水——」璿華說到這裡就把話咽了回去。

「怎麼樣？你不喜歡游水？」

「不是，只因我沒有帶游泳衣。」她撒著謊。

「沒有關係，我有兩件，可以一件借給你。」

「方阿姨是不是很喜歡游泳？」

「可以這麼說，但我不大會游泳，人老了，就不容易學了。」

「你又說老了！」

「這是事實嘛！璿華你體格這麼棒，一定游得很好的，這個下午就去，你教我。」

「我游得不好，也不會教。」

「好了，別儘說客套話了，方阿姨又不是外人，用不著客氣的。現在，你在我的書桌上做功課吧！我只看書，用不著桌子的。」

方芷說完了，就在書桌上拿起一本線裝書，坐在沙發上開始閱讀起來。璿華坐在桌前攤開功課，一顆心卻似轆轤在轉。逃不掉的，下午非去不可的了。今天還會遇到那種的情形嗎？有方阿姨在旁，也許會安全一點吧！唉！這是多麼令人煩惱的一回事！

她心不在焉地把一天的功課馬馬虎虎的做完了，然後用心的寫昨天的日記。昨天要記的事太多了，這是個重要的日子，她不能漏掉任何的一小節。

方芷一直很安靜的坐在那裡看書，頭也不曾抬過，璿華心裡有點奇怪，這是一本什麼書，會有那麼大的吸引力呢？

中午，房東的用人阿婆給她們送來飯菜，她們兩人就在在沙發旁邊的小几上吃起來。在吃飯時，璿華偷偷的瞥了瞥那本放在沙發上的線裝書的封面，上面有著模糊不清的「楞嚴經」三個字。璿華心中暗暗納悶，好怪的書名啊！那到底是什麼書嘛！

吃過飯後，方芷問璿華要不要午睡。

「我才不要睡哩！回頭愈睡愈胖。」

「小孩子也怕胖？我可要睡半個鐘點，一吃飽就去游水是不合衛生的。」

「方阿姨你睡吧！我不用你陪。」

她坐在沙發上，順手拿起那本線裝書來看，翻開第一頁，就幾乎一個字也看不懂。怪書！怪書！方阿姨也是怪人，怎會對那本書看得那麼起勁呢？她把書丟開，從小几上面取出幾本雜誌來，看看雜誌的名字，便又都放回去。方阿姨真不像個女人，怎麼老喜歡看這些沉悶的書刊，不要說沒有電影雜誌和畫報，甚至連文藝性的雜誌都沒有，她的生活多麼的乾燥無味啊！

璿華望著那拉起來的布幕，不覺對方芷憐憫起來。媽媽已有我這樣大的女兒，方阿姨還是單身一個，將來老了倚靠誰呢？我在這幾天裡，一定要找個機會勸她結婚。我喜歡她，我崇拜她，我不能讓她孤寂一輩子啊！

「璿華，你來，看你喜歡穿哪一件游泳衣？」方芷在裡面叫著。

噢！她醒了。璿華拉開布幕走了進去，她看見床上有兩件半舊的游泳衣，一件是黑色的，一件和黑色差不多，是很深的藏青色。

「隨便穿哪一件好了。」她懶懶地說。一想到游泳，她心裡便害怕起來。

「你是不是嫌這兩件難看？要不然我陪你回家去拿。」方芷似乎看出了她勉強的表情。

「不，不，游泳衣有什麼關係呢？真的隨便哪一件都可以嘛！」她怕方芷有所誤會，連忙裝出高興的樣子。

「好的，那麼你就穿藏青色的吧！這一件比較新式一點。」

在炎夏的驕陽下，螢橋游泳場壅塞著數不清的渴望在綠波中找到清涼的男女。有了前次的教訓，璿華一走出更衣室就把大毛巾緊緊圍著身子，深恐被人發現她美好的曲線。不知是這條大毛巾發生作用呢？還是人太多，沒有人注意到這件半舊的藏青色游泳衣呢？還是因為有方阿姨在旁「保護」？奇蹟似的，她竟能安全的從更衣室走到池邊，既沒有口哨和怪叫，也沒有輕狂的注視。於是她寬心了，也高與了，這世界裡到底還是可愛的；白白哭了一場，白白犧牲了游泳半個月，是多麼的愚昧！多麼的不值得！

璿華突然變得快活，以及在水中生龍活虎似的表現，都使方芷感到詫異，她不知道是什麼事使這孩子一下子轉變過來，剛才還是鬱鬱不樂的？不過，她當過多年的老師，已深知少年男女的心理；十六七歲，正是最多愁善感的年紀，璿華的一切，是最正常不過的了。

「方阿姨，妳怎麼不游過來？」璿華在水深的地方大聲的叫著，她看見方芷自始至終只是在淺水中泡著，動也不動，覺得可憐極了。

「我不會游那麼速。」方芷老老實實的說。

「我來教你。」璿華一面叫著一面像條美人魚般就游了過來。

「在家裡你還騙我不會，看你多壞！」方芷笑罵著。

「我是為了要使你驚奇呀！」她分辯著說。

她教了方芷幾個基本動作，方芷老學不好，就笑著停止了。她想：在這方面，方阿姨是多差呀！上帝造人也真公平，他給了你聰明的頭腦，就不會給你矯健的身手；給了你矯健的身手，就不會給你俊美的面貌。像方阿姨那樣聰明而有學問的人，連游泳都學不會，不是很奇怪的事嗎？然後她又想到自己：我的身手可說是矯健的了，別人也說我面貌好，可惜就是頭腦差一點；不過也不能算太差，只是沒有科學頭腦罷了！上帝對我已相當寵幸的了，不是嗎？於是，她偷偷地笑了。

七

換了一個新環境，日子過得似乎特別快，好像昨天才到方阿姨家來的，今天便滿第七天，明天一早，就得回家去了。

在這七天裡，生活真是過得又有意思又有規律。她們去游泳過三次，看過兩次電影，其餘的時間就是在家裡吃喝、讀書、聽音樂，在這些緊湊的生活程序中，她竟然忘記了韓健中——那個使她芳心撩亂的男孩子。

方芷教她讀了許多舊詩詞，也教她欣賞古典音樂。在舊詩詞的領域中，她發視了許多似乎說出她心聲的句子：「莫道閒情拋棄久，每到春來，惆悵還依舊。」「天與多情、不與長相守……」，「相見時難別亦難，東風無力百花殘。」「春心莫共花爭發，一寸相思一寸灰。」方芷表面笑她：「少年不識愁滋味……」心裡卻也在想：「像她這樣年紀的時候，我不也是專門喜歡這種哀愁的句子嗎？這是青春的憂鬱症，少年人的煩惱，古今中外都是一樣的呵！」

過去，璿華對古典音樂是茫然不懂的，經過這一星期以來方芷對她的開導，她也開始喜歡它了。雖然，管弦繁雜的交響曲和協奏曲，以及艱深難懂的奏鳴曲她還聽不進去；但是，一些旋律優美的小曲卻使她有如聆仙樂之感。那些樂曲引領她進到一個長滿奇花異卉的仙境中，使她流連忘返。往往，一曲告終，她又要求方芷：「方阿姨，這首太好聽了，再放一遍嘛！」

「現在，你也喜歡聽貝多芬、莫札特和蕭邦了？你覺得，這些曲子和什麼貓王、派特朋之流的熱門歌曲相比，哪一門好聽？」方芷笑著問她。

「當然這些好聽嘛！誰喜歡貓王來著？」璿華不好意思的笑了。以前，她雖然也不一定喜歡聽那渾身搖擺的貓王唱歌；不過，她所懂的也的確只是這些，如今想來，那未免太膚淺了。

現在，是她住在方家的第七個晚上。今夜天氣特別悶，窗門一直大開著，電風扇從下午就未曾停過，還是沒有帶給她們多少涼意。方芷滅了吊燈，只留下桌燈射出黃色的光圈。她放了一張唱片，告訴璿華說是印象派大師德布西的小品集；這裡面，有「月光」、「雲」、「棕髮女郎」、「牧神的午後」等；璿華卻在心裡盤算著，要不要趁這個時候勸方芷再結婚。

當她們正靜靜地聆聽著德布西那些清新脫俗，如詩如畫的旋律，琤琮的鋼琴韻開始使她們的身心感到陣陣清涼時，半掩著的門突然被推開，一個陌生的男人走了進來。

方芷迅速地站了起來，做出要攔阻他的姿勢；但她的舉動是多餘的，事實上，男人一走進房來就在門口止步了，因為他一眼瞥見了璿華。

「你為什麼要來？我不是告訴過你這幾天我要招待一位小朋友嗎？」方芷的聲音聽來很軟弱，而且帶點顫抖。

「對不起，我把日子記錯了，我現在就走。」男人用低沉的聲調說。

「算了，既然來了，就坐一下吧！」方芷把吊燈扭開了，對另外兩個人說：「這就是我的小朋友杜璿華。璿華，這位是徐叔叔。」

璿華向男人微笑點頭，順便向他打量了一下。這個男人和方芷一樣，是個沒有任何特徵外表極其平凡的人。他不高不矮，不胖不瘦，面容很和善，戴著一副黑框近視眼鏡，穿著白色的香港衫和黃卡嘰褲，看來像一位老師或公務員。

忽然間加入了這個陌生的男人，場面一時變得非常尷尬，唱片，依然在轉動著，但美麗的旋律已沒有人聽了。男人像木雞一樣的呆坐著，露出了手足無措的樣子。方芷平日朗爽的丈夫氣一時不知哪裡去了，她蒼白的臉上露出了紅暈，雙手在胸前交握著，垂首低眉，似乎嬌羞無限。

璿華的處境似乎又比他們更窘，因為她體會到是因為自己在這裡，才使得他們這樣侷促不安。怎麼辦呢？難道現在就走嗎？那又顯得多麼小氣啊！

「我還是走吧！」就在這個時候，男人站起來。

「也好，你明天下午再來。」方芷也站起來送客。當她送他們到門外時，瑋華遠遠看見他們彼此對站著凝視了幾秒鐘。

方芷再度進來時，帶著靦腆的表情瞥了瑋華一眼；這時的她真不像一位老師，相反地，卻像一個做了錯事的學生看到了老師一樣。

瑋華的心中充滿了內疚，她輕輕喊了一聲：「方阿姨！」

「嗯！」

「我對你不起！」

「你這是什麼意思？」方芷吃驚地抬起頭來。

「是因為我在這裡，害得徐叔叔走了。」瑋華傷心得直想哭，她認為是自己把方阿姨的約會破壞了。

方芷走到她的身旁，用手搭在她肩上，用溫柔而又平靜的聲調對她：「瑋華，不要傻，這不關你的事，是他不應該來的。」

「徐叔叔會不會因此而生氣？」瑋華睜著圓溜溜的大眼望著方芷，急切地期待著她的答覆；但方芷的眼光卻望向窗外川端橋上的燈火。

「不會的，我們都是中年人了，不像你們小孩子動不動就生氣。」方芷的眼光停留在橋上，她的聲音也像從遙遠的地方發出。

「方阿姨，徐叔叔是不是您的——」璿華拉著搭在自己肩上方的手，悄悄地問，但說到最後又把話吞了回去。

「是不是我的什麼？」方芷笑了，一面用另外一隻手撫摸著璿華的頭。

看見方芷笑，璿華的膽了大了。她緊拉著方芷的手，鼓勇說出：「男朋友」三個字。

「小鬼！追根究底的，男朋友又怎樣？我早就知道你有一肚子的話要問我，現在我們去睡，舒舒服服的躺在床上時再隨便你問吧！」

電唱機關了，電燈也滅了，一室之內，幽靜而黑暗，只有璿華一雙大眼睛在閃耀著興奮的光芒。

「問吧！小姐！」此刻的方芷不再失魂落魄而變得幽默起來了。

「方阿姨是不是很喜歡徐叔叔？」璿華單刀直入地問。

「假如我和他沒有感情，我肯讓他走進房間裡來嗎？」方芷的回答很俏皮。

「那麼方阿姨要不要跟他結婚？」璿華大膽地又問。

「你真是人小鬼大！看樣子我非要向你招供不可了！不過，你一定得答應我一個條件——替我保守祕密；連你媽那裡也不要洩露，你做得到嗎？」

「做得到！做得到！」在黑暗中，璿華把右手高舉，食指中指無名指伸得筆直的，大拇指壓著小指，做出童子軍表示誠實的手勢。

「我可能快要結婚了！」方芷喃喃地說。

「真的嗎？我的好阿姨！」璿華高興得快要跳起來了，她一翻身，就摟住方芷的脖子，重重在方芷臉上親了一下。

「你為什麼這樣高興？呃？」方芷握著璿華手，在自己的臉上偎熨著。有一個人這樣關心她，她不再感到自己身世孤零了，她覺得幸福已圍繞在自己身邊。

「方阿姨太寂寞了，我一直就希望您再結婚。」

「璿華，你對我真好，今後，我想我不會再寂寞的，有了你，也有了他。」方芷仍是喃喃地說。忽然間，璿華覺得自己被握著的手濡濕了。

「方阿姨，你在哭！」璿華掙脫了被握的手，扭亮了床頭燈，果然，她發現方芷淚流滿面。

「這不要緊的，這是快樂的眼淚。」在淚光閃爍中，方芷展開一個甜蜜的笑靨，璿華覺得她的方阿姨從來不曾這樣美麗過。

「璿華，你還是把燈關起來吧！在黑暗中，我才不會因為難為情而臉紅。」方芷用手背揩拭著臉上的淚水，她的兩頰泛著害羞而喜悅的紅暈。

璿華照方芷的話做了，然後爬上床，乖乖地躺在她的身邊，靜靜地等她開始。

「我和我以前的丈夫離開十年了，我知道很多朋友，包括你媽在內，都奇怪我為什麼不再結婚。璿華，你有沒有聽你媽談過這個問題？」果然，方芷不待璿華發問，她就先打開話匣子。

「我媽才不會跟我談這些話！她老是把我當小孩子，我問她她就罵我。」

「你問過她？」方芷不覺笑出聲來。

「唔！方阿姨你不要笑我！我是因為太關心你才這樣做的呀！」雖然方芷正看不見她的臉，但璿華卻難為情得用雙手把臉蒙了起來。

「不笑你，相反地，我倒是非常感激你的關心哩！現在，我要說出我為什麼一直不結婚的理由，那是因為我忘不了他，我對他仍然有感情。他是我初戀的戀人，你要知道，初戀是最純潔不過的，也最不易使人忘懷。」

「噢！原來他是你初戀的戀人！方阿姨，那時你幾歲了？」璿華急急地問，這時的她，腦海中突然閃過韓健中的影子。

「其實我那時也不小了，是二十一，已經唸大三了，他是我的同學。」

「哦！那麼你們一定十分相愛的了，後來為什麼又離婚呢？」璿華又急急地追問著，想要解開這個積壓心中已久的疑團。

「我和他的個性都太強了，結婚五年來，幾乎天天為小事爭吵：後來我們覺得與其那樣痛苦的廝守一輩子，不如趁早分開好。好在我們又沒有孩子，於是就很理智的離開了。」

「方阿姨，要我是你的話，既然對他還有感情，我就要和他言歸於好，因為你們根本不是為了什麼了不起的事而離婚的嘛！」

「好孩子，你的想法不錯！」方芷伸手摸璿華的頭。「但是，男人跟我們女人不一樣，他們比較薄情，不像我們死心眼兒。離婚兩年後，他就再結婚了，而我卻這樣痴心，白白苦熬了這麼多年。」方芷的聲音有哽咽了。

「噢！方阿姨真可憐！幸虧你現在有了徐叔叔。」璿華又握住了方芷的的手。

「說起徐叔叔我跟他認識了已經五六年，也可以說我們相愛也有五六年歷史了。」方芷的聲音已恢復平靜。提到徐叔叔，璿華想像她的方阿姨一定又展露出美麗的笑靨。

「那麼你們為什麼到現在還不結婚呢？」璿華心中很著急，她想，徐叔叔會不會是個有婦之夫呢？要不然，方阿姨何以那樣祕密。

「你剛才有沒有看到徐叔叔的樣子比我年輕？」方芷忽然悄悄地問，好像怕有別人聽見似的。

「我不覺得，我對大人的年齡都不大看得出來。」

「徐叔叔比我小四歲，這就是我們遲遲不結婚的原因，也是使我苦惱的原因。」

「差四歲並不多嘛！爸爸還比媽媽大六歲哩！」

「傻孩子！男人比女人大十多都歲不要緊，但是女人因為容易老，是絕對不能比男人大的，即使是同年的也會顯得比男人老。」方芷說完了就幽幽地嘆了一口氣。

「別嘆氣了，方阿姨，現在你們不是已經決定了要結婚了嗎？快告訴我什麼時候舉行吧！啊，對了，你為什麼不讓我媽知道呢？」

「是這樣的，徐叔叔迫著我要結婚已有兩三年了，我一直猶豫不決，怕被人笑我們老妻少夫。到了最近徐叔叔生氣了，他說如果我不馬上答應，就表示我不愛他，那麼他也不要等了，他要入山剃度當和尚。你知道，我是很愛他的，我給他一個期限，叫他暫時不要來找我，讓我冷靜冷靜的去考慮，明天是我答覆他的日期——」

「徐叔叔等不及，今晚就來了？」璿華打岔說。

「嗯！他可能等不及，也可能真把日期算錯了。在這一個星期裡，璿華，你不要笑我，我竟覺得我離不開他；雖然有你在一起，我們玩得很開心，但一靜下來我還是要想他。我曾試圖用佛經來使自己心境清靜，然而我辦不到，所以剛才他來，我就知道我必會答應他的求婚了。」

「那你為什麼要我保守祕密？這是喜事嘛！」璿華又問。

「我是怕我的決心會動搖，假使你媽或在旁人勸我一句，我又不敢答應他了。」

「那麼明天以後是不是就可以告訴媽媽呢？」璿華是那麼急於有人分享她的喜悅。

「你還是暫時保密，讓我自己告訴她吧！」

「婚禮什麼時候舉行嘛？你還沒告訴我哩？」璿華打著哈欠問，她的眼皮已沉重得撐不開了。

「大約是在秋天。你快點睡吧！哎喲！都快十二點啦！」

八

從方芷家回來，璿華覺得自己又長大了，因為方芷居然把她當作大人看待，把全部知心話都告訴了她，而且還要她保守祕密哩！在回家的公共汽車上，她盤算著，明天要去買一本《唐詩三百首》和《白香詞譜》，有空時便去讀讀，那些句子真是太美了！還有，家裡那部收音機她也要佔用一些時間去聽古典音樂。以前，媽媽要聽流行歌曲，爸爸要聽平劇和相聲，兩個弟弟要聽兒童節目；她對這些節目都沒有與趣，收音機好像並沒有她份兒，今後她不得不和他們去「搶」了。方阿姨說多聽世界名曲可以培養美的情操，我不但自己要聽，也要爸爸媽媽和弟弟他們一起聽。

一踏進大門，媽媽和珣華就都從屋子裡衝出來迎接她，彷彿她是從美國回來一樣。媽媽接過她手上的提袋，正要開始問長問短，珣華卻一把把她拖到她的房間裡，把房間關上，一面故作神祕地從口袋拿出一封摺疊得很皺的信來。

「姊姊，你看，這是誰的信？」他把信在姊姊的面前晃著。

「誰的？給我看！」璿華伸手去拿，珣華卻一把藏在背後。

「你怎麼這樣討厭嘛！一回來就跟我搗蛋。你給不給？我要告訴媽媽了。」璿華有點發急了。

「你要是不害臊就去告訴吧！這是情書呀！」珣華又把信拿在手裡一揚，一副嘻皮笑臉的樣子。

「什麼情書？別瞎扯，我才沒有哩！」璿華憤憤地說。忽然間，她想起了什麼，又急急的問：「真的是我的信？你先說出是誰寄來的，我答應你的條件。」

「韓——健——中。」珣華拖長著聲音說，「怎麼樣？一場電影值得吧？」

「噓！小聲一點。這封信爸爸媽媽看見了沒有？」璿華的心狂跳著，臉也像擦了胭脂一樣的紅。

「就是為了要換一場電影我才替你保管了這麼久呀！告訴你吧！是韓大哥親手交給我的，我一直都放在口袋裡，誰也沒有看到。」

「那麼快點給我看！」

「你還沒有答應我。」

「好！好！一場電影，二輪戲院的。」

「不，不，頭輪的。」

「好，好，頭輪！壞東西，快點拿來。」

「什麼時候實行？」

「明天。」

「一言為定，明天我再告訴你一個祕密。」珣華把信交給了璿華。

「現在告訴我好不好？」璿華把信鎖進抽屜裡，她不要在弟弟面打開。

「那麼還要附加一個條件，請我吃三色冰磚。」

「貪心鬼！你好狠呀，我這個月的零用錢都給你花光了。快說！什麼祕密？」

「韓大哥帶我去釣魚，本來他要請你一道去的，誰叫你不在家？」

「真的？媽為什麼准你去？」璿華的眼睛睜睜得大大的。

「媽媽說有韓大哥帶著不要緊。」

「他到我們家裡來找你？」

「沒有，那天我站在門口，他也站在門口，他對我笑笑，我也對他笑笑，於是，他就走過來跟我講話。」

「信是什麼時候交給你的？」

「釣魚回來的第二天。我猜他一定是因為你沒有一同去，感到失望，所以寫信邀你下次去。你為什麼不打開信來看呢？」

「我現在不要看，你還是快點出去吧！省得媽起疑心。」

珣華走到門口，璿華把他叫住：「你有沒有告訴韓大哥我不在家是因為到方阿姨家去住？」

「沒有，我告訴他你跟男朋友旅行去了。」

「小鬼！當心我打你。」

珣華笑著跑出去，璿華在後面追著。媽媽還在客廳中整理著璿華帶回來的提囊，看見他們這樣追逐著，就笑罵：「看你們姊弟兩個，剛才是親熱得關著門說了半天話，轉眼又吵起來了。璿華呀！你已不是小孩子了，別這樣瘋瘋癲癲的好不好？你又把髒衣服和乾淨衣服混在一起了，你這習慣什麼時候才改得過來呀？在方阿姨家玩得痛快嗎？回來也不告訴媽一聲。」

「玩得很痛快！方阿姨的家好漂亮啊！」璿華本來有一肚子的話要跟媽媽講的（當然不包括方芷的婚訊），可是，為了韓健中的一封信，她已把那些話忘得一乾二淨了。

午飯過後，璿華上把自己關在房間內，坐在窗前，鄭鄭重重的把那封信拿出來。白色的信封上寫著「請交杜璿華小姐」七個字，字跡娟秀中透著文弱，有點像女孩子的筆跡。信還是封得完完整整的，沒有拆過。璿華想：珣華這小鬼雖然頑皮搗蛋但還算誠實呀！她小心地地拆開信，一面讀著，一面心跳不止。

璿華：

我們是老鄰居，過去雖然沒有來往，但彼此認識已久，如今我寫這封信給你，你不會怪我冒昧吧？

昨天想約你們姊弟去釣魚，你不在家，沒能一道來，心中頗覺失望。因為珣華的年紀太小了，大家談不來，……如果是你就不同了，只不知你賺我「老大」不？

你有興趣和我去一次嗎？如你答應，請你定日期，叫令弟通知我就行。暑期已將過去一半，玩的日子無多，望你勿卻。　祝你快樂！

韓健中上

七月廿八日

短短的兩三百字的一封信，璿華讀了又讀，一共讀了七八遍，直到每一個字都背得出來。她把信抱在胸口，臉上煥發著喜悅的光輝，一雙圓溜溜的大眼睛注視著對門的窗口。啊！他居然約我出去了，而且還說前次我沒有同去他很失望，他是在愛著我嗎？男孩子追求女孩子是不是都這樣的呢？我不知道自己到底愛不愛他？但我的確是很喜歡他。喜歡他的模樣，他是多麼的英俊呵！尤其是那雙深湛的眼睛，像會把人的心看透似的。他又是多麼的和善可親！很多大學生都是驕傲地看不起我們中學生，他卻對我們這樣好。他為什麼要約會我呢？難道他大學裡沒有女朋友？啊！對了，他的學校在臺南，他的女朋友不一定住在臺北。他會不會因為女朋友不在這裡感到無聊，所以才和我做朋友呢？應該不會的吧？他的相貌看來是那麼善良，並不像一個愛情的騙子呀！

她又看了看桌上那盆石竹一眼。在她離家的一個星期，媽媽每天都不忘給它澆水，它還是開得那麼欣欣向榮。她在心裡笑了，這是她和韓健中的友情的象徵呵！

想到他要約她出去釣魚的事，她急不及待地就要找珣華去答覆。她把信珍重地夾在日記本裡，鎖上抽屜，就開門去找珣華。

珣華正橫躺在客廳中一張竹製的長椅上看偵探小說，璿華在暑期中是讀半天，現在已經回家，但還是伏在桌子上做習題。沒有看見媽媽，屋裡靜悄悄的，大概是在午睡。

「珣華！」璿華輕輕叫著，一連叫了三聲，那個正沉迷在一件神祕失蹤案中的孩子才不高興地抬起眼睛，望了姊姊一眼。

「你過來！」璿華站在自己房門口用手勢招他。

「什麼事嘛？」珣華鼓著腮，一臉的不高興。

「你來，我告訴你。」

珣華極不情願地爬了起來，拖著木拖板，踢踢踏踏的走進了璿華的房間。

「你要不要去釣魚？」璿華故意在吊她弟弟的胃口。

「當然要，什麼時候去？」一聽要去釣魚，珣華就高興了。

「你想去，就得替我做一件事。」這次輪到璿華要脅他了。

「好嘛！」

「我跟你說，這本來是韓大哥約我去的，我為了要有人作伴，也邀你一道去。回頭你去找韓大哥，說我們後天有空，明天我們不是要去看電影嗎？問他想不想後天去。你記住，這件事全不要讓兩家人知道，等你和他約好了，就回家來跟媽媽說，韓大哥又約你去釣魚，並且問媽媽，可以不可以也邀姊姊一道去？」

「ＯＫ！成功了有什麼酬勞呀？」珣華又伸出手來。

「貪心鬼！別想，不去說就不給你去釣魚。」璿華乘機打了弟弟的手心一下。
珣華吐著舌頭做了一個鬼臉，轉身就溜走了。

九

太陽像一盞有千萬枝燭光的巨燈懸在天空，發散著白熱的光芒，使人不敢仰視。三十七度的高溫蒸發了大地所有的水份，人畜喘著氣，草木低垂著頭，田土也都龜裂了。

在一條窄窄的田埂上，有大小四個人影在烈日下走動著。最前面的是一個年輕人，他一手捎著釣竿，一手拉著個小女孩；後面是一個男孩子，手中提著個竹簍子，另外一隻手還拉住一個比他大的少女。四人全都戴著草帽，臉蛋兒也全都曬得通紅。

「快到了！快到了！」韓健中用釣竿指著前面說。

「穿過那座小樹林就是了。」珣華也回頭去向他姊姊說。

想到目的地就在目前，走得疲累的人兒們腳底就加了油。走進小樹林，叢密的葉子隔斷了炎熱的陽光，大家立刻精神一爽；等到走出樹林，看見橫在目前的一道清溪時，初次來到的璿華和小玲都禁不住歡呼起來。

他們各自解下帶來的水壺，滿滿的喝了幾口，找一處有樹陰又有細草的岸邊，就準備開始垂釣。韓健中帶來四根釣竿，但只有一根是正式的，其餘三根只是用竹子削成。他客氣地要把那正式的讓給璿華用，可是璿華不肯接受，她說她根本不會釣，用什麼的釣竿都是一樣的。

「那麼你看我釣吧！看懂了我再讓給你。」韓健中說著就坐了下來，並且叫璿華坐在他的旁邊。

小玲不肯離開她的哥哥，也挨著他的另一邊坐下。珣華則坐到姊姊的旁邊去。

韓健中很詳細地為璿華解說釣竿如何用法，但璿華一句也沒有聽進去。和一個陌生的男孩子出去玩，而且還坐在他的旁邊，這對她是多麼新鮮的經驗！她的心頭像小鹿般亂撞，思想像野馬在奔馳。眼前的一切對她都模糊不清，她只彷彿聞到韓健中身上發散出帶著汗味的體臭，也彷彿聽到了他的呼吸。我和他竟是靠得這麼近嗎？她的心更慌亂了。

「你都懂了沒有？現在，你試用用看。」韓健中悅耳的聲音在她耳邊響著。她猛然一驚，原來他已把釣竿遞到她面來了。

「不，不，我還不會用哩！」她用手把釣竿推回去，不小心碰到他的手，立刻羞得滿臉通紅……默不作聲，她偷偷的瞅了他一眼，發覺他竟連耳根都紅了。

「珣華哥哥，你的釣絲在動了。」小玲突然這樣叫。

「哈哈！我釣到魚了！」珣華得意忘形，用力把釣竿一提，把坐在他旁邊的璿華濺得滿面是水。哪裡是什麼魚嘛！他的魚鉤上釣著一推水草。

「氣死我了，我不要釣了。小玲，我們去搜集樹葉標本好不好？」珣華站起身來，把釣竿往地上一摔，就跑進樹林裡。不耐煩靜坐的小玲也馬上棄竿而起，跟著他跑。

「你們兩個可不能跑遠呵！聽見了沒有？」韓健中對著兩個孩子的背影叫了一聲，又回過頭來對著璿華說：「釣魚帶著小孩子不方便極了，他們沒有耐性，吵吵鬧鬧的使得你不能靜心去等。」

「那你為什麼要帶小玲來呢？」

「那是因為你要帶珣華呀！小玲聽說珣華也來，就不肯罷休了。璿華，我問你，你是不是不喜歡和我在一起，所以才拉了珣華一道來。」他黑亮的眼睛迫視著她。

「不是，」她低頭細聲的說，「第一，是因為既然要珣華傳話，我不好意思不帶他來。」

「第二呢？」他追問著。

「第二，是我有點——」她期期艾艾的說不出口。

「有點什麼？」

「呀！你的浮標動了！」她脫口叫了出來。魚兒的及時上鉤，使她暫免受窘。

「噢！」他也輕輕的叫了一聲，一面熟練的轉動輪子，絞起吊絲。一條銀灰色細鱗的小魚掛在魚鉤上翻騰著，牠的鱗片在太陽的照耀下閃閃發光，非常好看。

「只是一條小鯽魚，今天的成績並不理想哩！」他把魚丟進身旁的竹簍裡，將吊絲放回溪水裡，不放鬆地又問：「你的第二個理由是什麼？還沒說完哩！」

「不說了，反正我已來了，這不就行了嗎？」她嬌羞的搖著頭。

「不行，話說了一半又收了回去，叫人怪難受的，快說出來。」他堅持著不肯讓步，臉繃得緊緊的。她吃驚地想：這個十九歲的大學生是多麼的孩子氣呀！

「說就說吧！是我不好意思單獨和你在一起。假如我沒帶著珣華，你敢和我來麼？」她也賭起氣來。

「這一點，」他頓了一頓又說：「我並沒有考慮到。不過，我實在希望和你單獨去什麼地方玩玩，璿華，你肯去嗎？」說著，他的臉又紅了，但一雙眼睛卻親切地望著她。

「大哥，大哥，你看我們採了好多葉子。」小玲稚嫩的聲音在不遠的地方叫著，他們兩人同時回頭去看，珣華正牽著小玲的手向他們奔過來，兩人手中都握著一大把樹葉。

「看你們跑得滿頭大汗的，快坐下來休息休息吧！」韓健中對他們說。

「韓大哥，你釣到幾條魚？姊姊呢？」珣華一邊骨碌碌的喝著水壺裡的水，一邊問。

「我只釣到一條，你姊姊連半條也沒有。」韓健中看了瓊華一眼又說：「剛才本來有一條魚兒快要上鉤的，被你和小玲一吵，又給嚇跑了。」

「好，好，我們不吵你們。小玲，我們到樹林裡捉迷藏。」丟下滿地的碎枝亂葉，珣華又拉著小玲的手走了。

「瓊華，快趁現在回答我，等一下又沒有機會了。」兩個孩子才跑開，韓健中就急急催著瓊華。

「我不知道怎樣回答。」瓊華低著頭，一隻手在扯著地面的細草。

「唉！你們女孩子真是太扭捏！到底肯不肯去，你只要回答一個字不就行啦！」韓健中焦念得直咬著牙。

「我不是不肯，只是怕媽媽罵我。」

「你媽不會罵你的，我又不是太保少年。不過，你要是怕她知道，你會難為情，你不必告訴她也可以。」

「你要我瞞著她跟你出去玩？」她抬起頭來用圓溜溜的眼睛直瞪看他。

「我的意思是你可以騙你的媽媽說你要去同學家，然後我在一個地方等著你。」

「你還要我騙媽媽？不，我不敢。」她搖著頭說。

「不敢就算了！誰叫你又怕她知道呢？這是權宜之計，我又不是叫你去做壞事，我就不相信，你從來沒有騙過媽媽！」

韓健中不高與了，她不回答，他也沒有去理她。他默默的拿著約竿，聚精會神地望著浮標，正在這個時候，浮標又動了，他收起吊絲，釣獲了一條差不多有半斤重的大魚。

璿華在心裡想：我真的沒有騙過媽媽嗎？有的，騙得太多了。那盆石竹花的事，那封信的事還有關於方阿姨的婚訊，這一切我不都是在欺騙媽媽嗎？欺騙媽媽有沒有罪？我還要不要再騙下去？

「韓大哥！」她迷惑了，她惶亂了，她不知該怎樣去做，只好請教這個比她大三歲的青年。

韓健中詫異地轉過頭來看她，眼光中流露出疑惑不解的神色。

「我已騙過我媽好幾次了，你說，我應該不應該再騙她一次？」她天真地問。

「對不起，我不能教你騙你的媽媽。璿華，請你原諒我，我剛才的話是沒有經過考慮的。」

「那麼，我們——」

「如果你還是願意和我去玩，而又有勇氣跟你媽說的話，後天下午一點，我在公共汽車站等你，我們再到這裡來。喂！你的吊絲動得很厲害，魚兒來了，釣起來呀！」

璿華用力舉起釣竿，一條小魚正咬在魚餌上。這是她平生第一次釣到一條魚，一高興，就忘記回答韓健中的話了。

「怎麼樣？你還沒有回答我哩！」韓健中替她把小魚放到簍子裡，用手肘碰了她的手肘說。

「噢！好的，後天下午一點。」她太興奮了，跟本忘記了去考慮，順口就回答了。

到樹林裡捉迷藏的孩子又回來了。小玲嚷著口渴，帶來的水都喝光，附近又沒有賣冰水的店鋪，大家只好提前回去。

在門口彼此分別時，韓健中要把大魚送給璿華，但璿華不肯要；她為了紀念她第一次釣到魚，她要把自己釣得的小魚送給媽媽。

「好的，那麼我把另一條小魚也給你吧！你可以送給你爸爸。再見！」韓健中把「再見」兩個字說得特別有力，還深深的看了她一眼。由這一眼，她方才醒覺到自己已接受了一個男孩子的約會。

十

一夜，一天，又一夜，她都為這個問題苦惱著：去呢？還是不去？去，就得再騙媽媽一次（我實在沒有勇氣跟媽媽說實話呵！）不去，又似乎對不起韓健中。自己親口答應了他的，怎可臨時失約？何況，自己又實在很想去？

一個上午，她都坐立不安；到了吃中飯的時候，就更是焦躁到了極點。媽媽燒了很好的菜，有榨菜肉絲湯、涼拌粉皮黃瓜和蝦子豆腐，可是她怎樣也吃不下。用湯泡了小半碗飯，草草扒完，看了看腕錶已是十二點半；猶豫了一刻，她終於鼓起勇氣對媽媽說：「媽，我想要到同學家去玩。」

「這孩子，看你一個上午就心神不定的，連飯也吃不下，原來是想出去。誰不給你去玩來著？犯得著這樣緊張嗎？」媽媽笑著說。

「我沒有嘛！」她垂下了眼皮，雙頰也微微發燒。「媽，我這就去，遲了怕人家不在家。」

「去哪個同學家呀？」

「去——蔡靜子家。」她隨便說了一個名字，這個同學是媽媽不認識的。

「蔡靜子是誰？」正在拼命揀榨菜吃的珣華插嘴說。

「你們不認識的，她沒有來過我們家。」她一邊敷衍著弟弟，一邊就走回房間裡換衣服。選衣服也費了好一番躊躇，顏色太鮮艷的她不敢穿，太孩子氣的也不敢穿，結果，她還是選了那套方阿姨曾經穿過的白底綠點襯衫和綠色窄裙。這青春的色彩，襯托得她的雙頰更紅潤。

在差兩分鐘到一點時她走到了公共汽車站，遠遠，她就看見韓健中等在那裡。他看見了她，眼睛立刻閃露出快樂的光芒。他們彼此笑了笑，離開好幾尺站著，沒有講話，直到上了車子，看見車中沒有熟人，才開了口。

「你今天很好看，看來真像個大人。」他坐在她旁邊，看著她的衣服說。

「真的嗎？這衣服是媽媽改給我的。」

「你媽媽一定很疼愛你。」忽然，他附在她耳邊小聲又問：「你騙她了沒有？我真擔心你不來哩！」

她漲紅著臉點點頭。「沒有辦法嘛！你說這是權宜之計。」

「你怎麼跟她說？」

「我就是說去同學家。」

「你很老練嘛！謊言編得不錯！」他故意逗著她。

「你壞死了，我不理你。」她真的有點氣，就轉過頭去看車窗外的景物，不再說話。

「哎喲！糟糕！我忘記帶釣魚用具了。」他突然叫了起來。

「我們在這一站下車回去取好不好？」他說。

「不，我才不回去哩！好不容易溜了出來，又故意回去讓人家看見嗎？」

她轉過頭來瞪著他說：「活該！」

「那你說怎麼辦？」

「我不知道，是你約我出來的。」

「我說，既然釣魚不成，不如去看電影吧！前面一站那家戲院正放映《李斯特傳》，你看過沒有？時間也正好趕上。」他看著腕錶，裝模作樣地說。

「呀！我知道了！你這壞東西，原來早就打定主意要看電影的，卻故意騙我說去釣魚。」

她頓時恍然大悟起來。

「我不是存心騙你的，我是怕你不肯答應，所以略施小計而已。怎麼樣！到站了，我們現在下車好嗎？」他站起來，伸手要拉她，但她把手收到背後去。

從戲院裡出來，韓健中嘴裡直哼著電影中那首主題歌的旋律，模樣顯得很瀟灑。璿華覺得他高高的、瘦瘦的，看來不正像電影中的李斯特嗎？

「我渴得很，我們去喝一杯冰水好嗎？」他低下頭來問她了。

「好吧！」她笑著回答他。

在戲院斜對面一家小冰店中，他們對坐在電風扇底下的座位上，他要了一瓶汽水，她卻要一杯冰淇淋。

「怎麼樣？片子好看嗎？」他先問。

「好看。」她隨便的說，其實她並不太喜歡這部演奏鋼琴多於談情說愛鏡頭的片子。

「太好了，我已看過三遍，這次是第四遍，還是覺得好看！尤其是有音樂的部分！你喜歡古典音樂不？」他滔滔不絕地說。

「喜歡。」她又是不怎麼確定的回答。雖說她的方阿姨已啟迪了她欣賞正宗音樂的興趣，但到底為時太短暫，她對此道還是不太深入。

「你喜歡誰的作品？」他的眼睛發射出光芒了，因為遇到了志同道合的朋友而高興。

「我不知道，我對音樂家還不太認識。你呢？」她坦白地說。

「我嗎？凡是浪漫派的大師們我都喜歡，貝多芬、舒伯脫、蕭邦、李斯特、門德爾松、修曼、布拉姆斯、柴可夫斯基，我全都喜歡。最近我還愛上了古典派的莫札特的作品，因為他的作品中充滿了青春活潑歡樂的情調，給我們青年人聽真是最適宜不過了。等什麼時候有電台播送莫札特的曲子時，我一定通知你收聽。」韓健中說完了，一口氣就把剩下的半瓶汽水一飲而盡。

「你還要一些別的東西嗎？」她問他。他請她看電影，她已打定了主意還請他。「我夠了，你再要一杯檸檬水好不好？冰淇淋不止渴哩！」

「也好，那麼你也來一杯。」她暗暗算了算自己錢包中的錢還夠付，就答應了。

「你在大學裡唸的是哪一系？」她喝了一口檸檬水，劈頭劈腦的又問。

「你猜猜看！」

「音樂系。」

「不對，我們學校根本沒有音樂系。」

「電工系。」她聽說現在的男孩子多數選這一門，所以又扯了上去。

「也不對。」

「不猜了，你說吧！」

「和電工系差不了許多，是化工系。」

「你看來不像個科學家。」

「我本來就不是什麼家嘛！不過，你說我像什麼呢？」他雙手握住杯子，把它不停地轉動著。一雙亮晶晶的眸子直望著她。

「像個音樂家、畫家，或者是詩人，因為我覺得你這個人帶點藝術氣質。」她側著頭，老氣橫秋地譎視著他。

「哈哈，你這位小妹妹還懂得相人術哩！我固然不敢自稱為家，但我原來的確是想考音樂系的，可惜自己嗓子不爭氣，小時又沒有練過琴，只好把這個希望放棄了。以我自己的意見，音樂系不成，中文系也極合我的興趣，但爸爸不准我考。他說在這個時代還想做那種酸腐的文人就算你將來成為一個著名的文學家，又有什麼用？他老人家是學化學出身的，就逼著我去繼承他的衣缽了。一個人不能按照自己的興趣去求知，你真不知道他有多痛苦！」說到最後，他的兩道濃眉緊緊的鎖在一起，頭也俯得低低的。璿華坐在他對面，只能看到他筆直的鼻樑。

她覺得他很可憐，又不知該說什麼話來安慰他，就沉默著，沒有回答。

「你將來要考哪一系？打算好了沒有？」他忽地抬起頭又問。

「大概總是國文與外文這兩系之一吧！反正理科我是不行的。」

「女孩子讀外文最好不過了，既時髦，又可以賺大錢！」他冷笑著說。

「我可不是為了這兩種目的呵！」她急急地為自己分辯著。

「我不是說你。你的父母會干涉你選系的自由不會？」

「絕對不會！我爸爸最開明最民主不過了，媽媽是不管我的學業的。」

「我媽也不管的，就是爸爸管得有點過分。」他看了看腕錶又說：「不早了，我們得回去了，否則你媽媽會擔心的。」

「也好，不過你不可以跟我一起走回家呵！」

「我知道，我會多坐一站車，再走回來。」

可能是因為剛才已經談得太多了，在車上他們都沉默著不開口。等到快到家時，他才輕輕地在她耳邊問：「我們什麼時候再在一起玩？」

他的口氣吹得她耳膜癢癢的，她臉紅紅地說：「我不知道。」

「什麼都說不知道。」他不高興了。

「啊！對了，你請了我看電影，吃完冰又搶著付了錢，我一定得還請你。下星期這一天我們在同一時間同一地點相會吧！出來太多媽會懷疑我的。」

「你要請客我就不來。」他鼓著腮說。

「來不來隨你便。我到了，再見！」

十一

這幾天的日子真不知為什麼那樣難過？到底是為了天氣太熱呢？還是心裡焦躁？她討厭黑夜，在夜裡她往往輾轉反側，不能成眠；她也討厭白天，因為在白天裡沒有一件事使她感到有興趣。

每天，她敷衍著把學校規定的功課做完，就不知如何去打發剩餘的光陰。小說她看不進去聽音樂也不帶勁；電影她不敢去看（她要省錢留著請韓健中）；同學家則是不想去，一去他們就要拉她去游泳，對於游泳，她還是具有戒心的。

空下來的時候，她就是坐在自己的桌前，攤開新買來的《白香詞譜》，隨意翻著；碰到那些哀愁欲絕的句子，就在旁邊畫一條線，反覆吟哦，以解胸中的無端苦惱。桌上那盆石竹花是她最親近的伴侶，看著花的時候，她總是情不自禁地從窗口望向對門，心中在禱告著約會的日子快點來到。

在家裡過了足不出戶的四天，她實在有點熬不住了。這天是個陰天，沒有那麼燠熱；她想起自從自己拒絕去游水以後，高芬蘭、馬少珍她們就沒有來過，馬少珍還是自己最好的朋友呢！我也應該去看看她才對呀！

她跟媽媽說：「今天天氣比輕涼快，我到馬少珍家裡去玩玩好不好？」

「好嘛！你已經多天沒有出去了，應該去玩玩的。」媽媽是從來不阻止她外出的。

也就是因為陰天，馬少珍沒有去游水，正在家裡打開電唱機聽熱門歌曲哩！

一看見璿華，她就鼓起圓圓的腮梆子，假裝生氣地說：「哼！我以為你不要理我們了，半個月都沒有來過，不知躲到哪裡去了？」

「我到我媽媽的同學家去住了一個星期嘛！誰存心躲起來著？」

「還有另外一個星期呢？」馬少珍像個法官在審問犯人。

「還不是在家裡？喂！電唱機關起來吧！吵死了。」

「在家裡做什麼？」

「做功課，看小說呀！」璿華說著這句話時，雙頰竟是微微發赭，幸而馬少珍並沒有發覺。

「好，就饒了你！」馬少珍從茶几上的一隻糖果盒中抓了一把牛奶糖放在璿華的手中。

「你這麼胖，還敢吃糖？」璿華把它們都放在桌子上，只拿了一顆放在嘴裡。

「胖就胖吧！反正不胖也不見得漂亮呀！」馬少珍說著又一口氣塞了兩顆糖進嘴裡。

「馬少珍，你還是漂亮的！我就喜歡你這蘋果似的臉蛋。」璿華伸手去捏了馬少珍一把。

「唷！好痛呵！我的大美人，放手吧！」

「誰是大美人？你再說我就更用力一點。」

「看你放不放？」馬少珍說就去搔璿華的膈肢窩，直癢她笑作一團，倒在沙發上。

馬少珍又把唱機打開了，那帶著原始味道、節拍單調乏味而又刺耳的搖滾音樂又響了起來。馬少珍一邊吃牛奶糖，一邊用腳在地板上打著拍子，似乎非常得意的樣子。

「馬少珍，我來了你也不陪我玩，只顧自己聽音樂，我要走了。」璿華也裝著不高興地說。

「杜璿華，你不要走，」馬少珍關了電唱機說：「我告訴你吧！因你今天來得很合時，免卻我跑一趟，所以我很高與。」

「我不明白你在說什麼？語無倫次的！」

「孫眉眉的生日快到了，她要請我們去玩，叫我去通知你，我本來準備明天就要上你家的，想不到你卻來了，你說我高興不高興？」

「原來是這樣！那你還要感激我呢！孫眉眉的生日是哪一天呀？」

「星期三。」

「星期三？我——我——」

「怎麼？你沒有空？」

「嗯！」

「什麼事這樣嚴重嘛？改一天不行嗎？」

「我不知道行不行？」

「唉！你這個人真囉嗦！那麼你回去問過你媽媽，我明天再去找你，你得事先決定，我們幾個還得合買蛋糕送孫眉眉呢！」

「孫眉眉請我們幾點去？」

「下午兩點鐘，是茶會。」

「這樣吧！我決定來好了。」璿華沉吟了一才說。

「對了，這樣才是我們的好美人！你不知道，自從你不肯去游水之後，少了你一個，我們就沒有那麼好玩了。」馬少珍走過來摟著她的肩。

「你再說我是美人，我可要真的不理你了。」璿華甩開了她的手。

怎會那樣巧的呢？都是星期三，又都是下午，叫我怎麼辦？同學的生日會不參加是不好的，人家會說我不合群；可是我怎樣通知韓健中呢？我不能叫弟弟們去傳話，那會弄得大家都知道的。對了，我可以寫了信用郵寄，用郵寄就沒有人注意到了。

她提筆這樣寫著：

韓大哥：

真是對不起得很！我和你約好的日子因為有一個同學舉行生日會，非要我去不可，所以我們的約會只好改期。星期五如何？我會在原來的地方等你，如果你不能來，不必回信，我等十分鐘不見你來就不等了，你說好不好？餘面談。祝好！

八月七日

璿華上

寫完了她又細看了兩遍，沒有發現錯字，才寫上信封，貼好郵票，親自拿去投郵。出門的時候，生怕家裡人看見了信封上的名字，還拿一本書夾住，以作掩護。

相見的日子還要往後延兩天，這就更加難捱了。她眼巴巴地希望星期五快點來到，一天到晚望著對門的動靜，卻沒有給她看見韓健中一次；也許是他根本很少出門，要不然就是俗語所說的沒有緣份了。

在孫眉眉的生日會中她也是玩得無精打采的。儘管同學們都是又叫又跳又鬧，她卻只是靜坐一隅翻看著電影雜誌。同學們笑問她可是失戀？她淡然一笑說是人有點不舒服，她們也就沒有再取笑她。

她默默地在一旁觀察著她的同學們，她們是那麼快活，那麼無邪。我們年齡相若，有些還比我大一兩歲，為什麼她們就好像完全沒有心事一樣呢？難道我就是所謂的「早熟的孩子」嗎？

十二

星期五的上午還是烈日當空，吃過午飯馬上就烏雲密佈，臺灣八月的下午陣雨，就是這樣的愛捉弄人！璿華上午已跟媽媽說好，今天要上高芬蘭家去；吃過飯，眼看大雨就要下來，她還是不顧一切的，抓起雨衣就往外跑。

「璿華，下雨你還要去嗎？」媽媽追到門口問她。

「媽，這種雨不要緊的，說不定一下子又出太陽了。再說，跟人家約好了也不應該失信呀！」

「好的，你去吧！小心別給雨淋到！」媽媽說。

「媽媽再見！」璿華一面跟媽媽揮著手，一面飛奔的去了。

車站上有一個高高的人影，雙手插在褲袋裡，俯著頭，神情非常落寞。她悄悄地走到他身邊，他立刻就察覺了。他轉過身來看著她，憂鬱的眼睛放射出狂喜與安慰的光彩。

「我們走吧！」他用眼睛掃射了四周一下，低聲說。

「去哪裡？不坐車嗎？」她詫異地問。

「植物園。」

「在這種天氣去植物園？」

「就是這種天氣才有意思，走吧！」他推了她的手肘一下。

她順從地走在他的身邊，既害羞而又興奮。天愈來愈暗，地面上飛沙走石的，彷彿是世界末日來臨。馬路上行人很少，偶然有兩三個人走過，也是行色匆匆的，沒有人注意到這對少年男女。

天邊閃過一道金蛇，轟隆轟隆的雷聲接著就響了起來。她下意識地把身體靠近他一點，他低下頭溫柔地問：「怕嗎？」

「不怕。」她搖搖頭，又離遠他一點。

大滴的雨點落下來了，疏疏落落的，灑到乾燥灼熱的地面上，發出了吧打吧打的聲音。

「糟糕！下雨了，你沒有帶雨衣，怎麼辦？」她一面披上雨衣，一面焦急地說。

「沒有關係，我生平最恨帶雨衣，等雨下大了再作打算吧！」他昂起了頭，似乎是要向雨挑戰。

植物園距離他們家並不太速，走了十幾分鐵，他們就望見了園門。

就在這個時候，雨突然間大了起來，無數雨點連結成為水柱無數水柱又匯成洪流，巨大的洪流肆無忌憚的從天上傾盆而下，低窪的地方立刻形成了許外小池塘和小河流。

一兩分鐘之內，沒有穿雨衣的韓健中已淋成了落湯雞。璿華一心要請客，就要他進路旁的小吃店去躲雨。

「不必了，我們跑進園裡的小亭中去避吧！雨中的景色真美，平時是難得欣賞到的。」雨水沿著韓健中的頭髮流到他的眉毛和兩頰上，但他毫無畏縮的表情。

「這樣淋雨你會生病的，那你也披上我的雨衣吧！」她不忍心她的同伴淋雨，一面說著，一面就解開了斗蓬式的雨衣，一半蓋著自己的頭，一半搭到韓健中的肩上去。

他沒有拒絕，也把雨衣的一半蓋到頭上去。但是雨衣太小，遮住兩個人的頭，兩個人的身體便都被雨打濕了。他伸手去摟著她的肩，使她靠近自己一點，問她：「你能跑嗎？」

韓健中的手一碰到她的身體，她便羞得微微發抖。她顫顫聲回答他：「能。」

「那麼我們開步跑好不好？」

他摟著她，兩人一齊在雨中狂奔。植物園內幾乎空無一人他熟練地引她穿過小徑跑進橋邊的一座小亭裡。

他們取下頭上的雨衣，站在那裡喘著氣，彼此相視而笑。

他用手帕鋪在石凳上，對她說：「坐下來歇歇吧！」

「不要鋪手帕了，反正我的裙子已經又髒又濕。你快點擦乾你的頭髮和臉吧！當心受涼呵！」

她的確是跑得累了，跌坐在石凳上，迄自喘息不止。他看見她的裙子已濕了半截，心裡異常不安，就說：「璿華，都是我不好，害你淋雨，要是你媽媽知道了會罵我的，我替你把裙子擦乾好不好？」

「傻瓜！這怎能擦得乾呢？你還是趕快擦你的頭吧！我媽不會罵我的，你放心！」

韓健中滿懷內疚的坐在她的身邊，把手帕用力的擦著自己的頭髮、臉孔和手臂，轉眼一條手帕濕透了，他把它擰乾，又再擦一遍。擦完了，他把手帕晾在亭子的欄干上。她也拿出小手帕來揩拭著臉上的水點，一面又把裙子下截的雨水擰去。

雨還沒有止。園中的花草樹木經過雨的洗禮，更顯得紅艷艷、綠油油，一塵不染。亭側有一株芭蕉樹，巨大的雨點打落在巨大的葉子上，發出有節奏的滴答聲，十分悅耳。

「你看，植物園此刻只屬於我們兩個了，我們多闊氣！」韓健中俯身向前，雙手撐在分開的兩膝上，側過頭來向璿華說。

「你怎敢確定沒有別人也有著雨中遊園的興趣呢？」她看著他笑了一笑，又連忙把眼光移向前方。

「世界上很少有這樣的雅人。」

「不如說很少有這樣的瘋人吧！」她說著自己就笑起來了。頰上那個深深的酒渦，直看得他目迷神馳。

「你說我是瘋人？你不覺得這雨中的景色比平日美麗千萬倍嗎？多麼晶瑩！多麼潔淨！」他茫然注視著亭側那棵芭蕉，喃喃語：「也許我真是有點瘋狂吧？你不是說我有藝術家氣質嗎？我原來真是應該學藝術的！當我在這裡對面那家中學唸書時，我常常在雨中來這裡獨坐沉思。我渴望我能作曲，把大自然的韻律譜入琴音裡，但是，到現在我還不會作曲，甚至連一首小詩也寫不出來。」說完了，乾笑了兩聲。那笑聲聽來是那樣寂寞，她不覺有點難過。

「你在臺南也常在雨中出遊嗎？」她問。

「沒有，可以說是此調不彈久矣！」他搖搖頭。

「今天怎麼忽然又有這個興緻呢？」

「那是因為有你陪我。」他忽然轉過身來，執起了她一隻手，握在自己的手中撫弄著。她沒有把手縮回去，但卻羞得不敢看他。「璿華你也許還不知道，你對我的意義是多麼重大！前天早上，當我收到你的信時，我真是難過得想死，假如你今天不來，恐怕我會自殺了。」

「對不起！」她低著頭小聲的說。

「沒有關係，你來了我就心滿意足了。」

兩人肩併肩，腿併腿的坐著，他握著她一雙手。雨把世界和他們隔斷了，這座涼亭就是他們的小天地。如果能夠永遠這樣多麼好！在這只有兩個人的世界中多幸福！當年的亞當與夏娃的伊甸樂園不也是如此麼？

然而，樂園不會長久，陣雨漸漸歇了，太陽已從雲端探出頭來；天一晴，這座園林就不再是他們的私產了。她從他的掌中抽出手，看了看腕錶；失聲的叫：「哎喲！已經快四點鐘了。」

「還早得很嘛！急什麼呢？」

「我平常外出，總是習慣在五點以前回家，可是我的裙子濕濕的，等一下怎樣回去呢？」

「那我們出去走走吧！給太陽一曬，很快就會乾的。」

他站起來，一隻手替她拿著雨衣，又把半濕手帕塞回口袋裡，另一隻手就來拉她。很自然地；她把手伸給他，兩個人手拉著手，就走出亭子。

「我帶你去看荷花。」他說。

他們跨過小橋，穿過花徑，走過草坪，來到池塘邊。啊！滿池塘中亭亭玉立著斗大花朵與田田荷葉；這佛教之花，是多麼的莊嚴素淨！花瓣上，圓葉子上，綴滿著亮晶晶的水珠子，涼風過處，便都微微的顫抖著，有些就滾落在池塘中。

「看！一道彩虹！」突然，韓健中叫了起來，還搖著她被握著的手。

她抬起頭，正對著她的天畔，橫跨著一道七色彩虹。天公把這世界造得多美！到處都是觀賞不盡的奇景！以前我何以沒有注意到呢？

「真美！」她輕輕的讚嘆著。

「假如我們兩個能飛到天上去玩多好！」他卻凝望著那道美麗的虹出神。

「走吧！我有點渴，想去喝點什麼的！」她念念不忘要請客的事，輕輕拉了拉他的手。

「好，我帶路。」他以識途老馬的姿態拉著她走，但是，一出園門，她就把手抽出來了。

他領她走進附近一間看來還整潔的冰店裡。才坐下，她就正色地對他說：「我說過今天我要還請你的，回頭不許你搶著付錢！」

「何必那麼認真呢？」他笑著說。

「你答應不答應？」她板著臉問。

「我答應，我答應。」他吐了吐舌頭。

她要他點最貴的飲料，但他卻點了最便宜的酸梅湯。她不理他，逕自走到櫃臺上，點了客三色冰淇淋和兩客西瓜；並且先付了帳。

冰淇淋是甜，西瓜也是甜的；但是他們的心比冰淇淋和西瓜還要甜。他們用小調匙慢慢地冰淇淋吃，把西瓜切得小到無可再小才放進嘴裡。他們很少講話，四隻眼睛深情的注視，已勝過萬萬千千的言語。

回家的時候，還差好一段路才到巷口，她就要和他分手。他依依不捨地望著她問：「我們什麼時候再見？」

「下星期的今天吧！我還欠一場電影哩！」她想了一想說。

「我不要看電影，我喜歡像今天這個樣子。」

「你又想淋雨？」她嫣然一笑。

「就是下冰雹我也不怕。」

「那麼到時再說吧！」

「風雨不改？」

「風雨不改！」

十三

坐在桌前，攤開一本書在遐想，這已成為璿華這個假中的習慣。現在她很快樂，快樂得想歡呼，有這麼許多甜蜜的回憶與美麗的憧憬充塞在她的胸臆間，她覺得自己從來不曾這樣幸福過。

日光燈的藍光灑在書頁上，晚風從窗外掀簾而入；案頭的石竹在嫣然含笑，伏案瞑想的人兒也在嫣然含笑。

爸爸推門而入：「怎麼？你睡著了？」

「沒有，爸爸！」她連忙坐直身子。「我只是有點累。」

「你近來變得太靜了，大熱天老是關在房間裡對身體不好的。你在看什麼書？《唐詩三百首》，方阿姨給你的影響真不小呵！」爸爸翻了翻桌上得書，在床沿上坐，劈頭劈腦說：「這件事媽媽跟你商量過沒有？」

「什麼事？爸爸！」璿華嚇了一大跳。

「假如我和媽媽出門兩天，你能夠不能夠負起照顧弟弟的責任？」爸爸微笑地對她說。

「您和媽要去哪裡？」她不安地問。

「是這樣的：我們公司明天紀念成立十周年，要請全體仁到日月潭去玩，還可以攜眷參加。這是個難得的機會，我和媽媽都還沒去過日月潭呢，但是媽媽不肯去，她說不放心你們三個。」

「爸爸，您和媽媽去吧！我已經是大人了，我可以替你們看家，照顧弟弟。」原來是這麼一回事，璿華毫無猶豫的，一口就答應了。

「我們只去兩天，明天早上出發，星期一下午就回來。」

爸爸剛說完了這句話，媽媽就從外面走進來，質問爸爸說：「慶熙，你這個人怎樣攪的？我已經說過不去，你又來跟璿華說什麼？」

「媽，您去吧！我已答應了爸爸。這個機會很難得，怎可以放棄它呢？」

「可是，你們三個怎麼辦呢？」媽媽走過來摸著璿華的頭說。

「媽，我又不是小孩子，我會燒飯，我會管著弟弟他們，您還有什麼不放心的？」

「家裡沒有一個大人，我就是放心不下。慶熙，去請方芷來住兩天好不好？」

「媽，方阿姨——」璿華不自禁地脫口叫了出來。

「方阿姨怎麼樣？」媽媽詫異地問。

「沒怎麼樣，我是說方阿姨太忙，不好意思去麻煩她。」

「是嘛！方芷已好久沒有來了，她一定很忙。再說，我們明早就要走了，怎來得及去找她呢？」爸爸說。

「那我就不去！」媽媽使性的說。

「唉！你這個人真彆扭！就像小孩子一樣。這樣吧！我們去請對門的韓太太代為關照兩天，這樣你放心不放心？」

「看你貪玩成這個樣子！千方百計，非去不可！」媽媽白了爸爸一眼，沒有說「不」字，這就表示她不反對。

「我才不貪玩呢！小孩子也應該訓練訓練呀！高中的學生了，你還東不放心西不放心的。璿華，你說你媽是不是太囉嗦？」

璿華笑了笑不敢回答，爸爸就拖著媽媽到韓家找韓太太去。

十分鐘後爸爸媽媽回來，爸爸宣佈說韓太太已答應照顧他們姊弟，韓太太還說：假如他們晚上怕黑她可以叫她的大兒子過來陪他們。

珣華兄弟倆一聽韓家大哥要過來陪他們，就高興得歡呼起來。璓華卻是又羞又喜，臉上一陣紅一陣白，不敢作聲。

「璓華，你不反對韓家的大兒子過來陪你們吧？」爸爸注意到她的沉默。

「韓健中是個好孩子，你不是和他一道去釣過魚嗎？」媽媽也補充了一句。

「我不反對。」她低頭小聲的回答。

「這就好！淑惠，你快點把要吩咐的事說給璓華聽吧！回頭還要收拾帶去的東西哩！」

星期日的早上，姊弟三人站在門口送爸爸媽媽坐上了三輪車。這是爸爸媽媽第一次離開他們出門，但是他們沒有悲傷，也不感到寂寞；相反地，他們卻覺得新鮮而有趣。

一回到屋子裡，珣華瑋華就吵著要去找韓健中和小玲過來玩；但是璓華不准，說要等他們自動過來，現在就去找他們，等於勉強要人家來陪。

「那麼我們出去玩！媽媽叫我們不要燒飯？我們出去玩到十二點，就在館子裡吃。」珣華又想出新花樣。

「不要這麼早出去！現在我們都做功課，做到十一點才走。誰不聽話的，回來我告訴爸爸媽媽！」璓華在發號施令，擺出大姊的身分。

珣華無可奈何的拿出功課來擺在桌子上，但雙眼卻盡往外望，希望韓健中快點來。

果然，幾分鐘後他就看見韓家的大門打開，韓健中拉著小玲向他們家走來。

「韓大哥韓小玲來了！」珣華飛奔去開門，瑋華跟在後面。

璿華聽見弟弟叫，也走出自己的房間，佇立在客廳中等候。

這是韓健中第一次到杜家來，雖然沒有大人在家，但他還是顯得有點羞澀不安。前天，在植物園的涼亭裡，他曾經和她併肩而坐，款款深談，而此刻他竟不敢看她一眼。

「我媽媽叫我來，請你們不必燒飯，這兩天都請到我們家裡去吃。」他筆直的站在她面前，好像在對陌生人講話。

「噢！不，謝謝韓媽媽，我媽媽已經給我們準備兩天的菜了。」她也體貌而客氣地回答他。這是媽媽預先教下的謊言，因為媽媽早已料到韓太太會有此著。

「你們把菜留起來不可以嗎？」他笨拙地說。

「不行，留得太久會壞的。」

「那我先去回覆我媽媽。」他說完了轉身就跑。

「韓大哥不要跑呀！」珣華在後面追著叫。這時，他和瑋華及小玲已經開始在玩彈珠了。

「我馬上回來。」韓健中頭也不回的說。

兩分鐘後他又回來，對璿華說：「我媽說你們太客氣。」

「不是客氣，事實上是這樣嘛！」她說。

說完了這兩句枯燥無味的對話，兩人就默默的對站著，你看著我，我看看你，不知道該做什麼好。站久了璿華自覺滑稽忍不住噗嗤一聲笑了出來。

「你笑什麼？」他奇怪地看著她。

「我笑我們像兩個傻瓜。尤其是我，居然不招呼你坐，請坐吧！」她做著手勢說。

「為什麼不倒茶呢？」她的笑解除了他的拘謹。他如命坐下，還取笑了她一句。

「我本來要倒茶的，你這樣說我偏不去倒。」她也在他對面坐下來。

「我跟你開玩笑的，難道你真要把我客人看待？」他一面四周打量著屋子，一面問：「你的香閨在哪裡？」

「就是這一間。」她指著客廳旁邊靠街的那一間半掩著門的。

「可以不可以參觀？」他懷著極大的好奇問。

「不行！不行！」她紅著臉去把門關了起來。

「韓大哥，帶我們釣魚去。」正在打彈珠的珣華忽然如有所悟地叫了起來。

「不，不，今天你們爸爸媽媽不在，不能帶你們出去。小玲，我們還是回去吧！讓他們好做功課。珣華，瑋華，我晚上再來陪你們吧！」

「韓大哥！晚上你和我們一起睡！」珣華瑋華兩個人同時叫著。

「不行，一張床怎能睡三個人呢？」璿華說。

「不要緊！要是他們害怕，我打地鋪睡在他們床邊好了。」韓健中說。

「害怕什麼？他們是鬧著玩的。我說，要是韓大哥願意來陪我們，你們的床讓他睡，你們睡爸爸媽媽的大床。」璿華又下命令說。

「我也要跟杜姊姊睡。」小玲在一旁也鬧著說。

「你媽媽會罵的，小玲。」璿華哄著她。

「我不管，我一定要來。」

「好的，小玲，等下你回家問過你媽媽，要是她答應了，你晚上就跟著哥哥來吧！」

在仲夏夜的星光下，杜家窄窄的院子裡坐著大小不同的五個孩子。珣華瑋華和小玲是一組，在玩著剪刀石頭布；韓健中和璿華是一組，他們對面坐著，談話不多，但他們的目光卻在彼此交換著心靈的密語。

「你在想什麼？」璿華問他的客人，韓健中的過度沉默使她有點擔心。他雙手抱膝，頭高高的仰起，靠在牆壁上，眼睛正望著深不可測的星空。

「沒有想什麼，我正在享受這幸福的一剎那。」

他把目光從天空收回，停留在她的臉上。

「我覺得你不但是個藝術家，而且還是個哲學家，你沉靜得不像個男孩子。昨天爸爸還說我太靜，其實你比我還靜得多哩！」她也看著他說。

「我就是那樣好靜，即使在他們這種年紀，也不大喜歡玩的。」韓健中向著那三個玩得正起勁的孩子呶了呶嘴。

「你好像不常外出，在家裡做些什麼事呢？」

「讀書，包括課內的與課外的，還有聽音樂，這還不夠我忙嗎？」他望了望天上的繁星一眼，又說：「我們進去打開收音機，找找有沒有好音樂，現在，假如有〈仲夏夜之夢〉可聽多好！」

可是，這好靜的孩子失望了。他不但聽不到〈仲夏夜之夢〉，而且連任何一首古典音樂都收不到。

「星期日的晚上總是沒有好音樂聽，有的只是搖滾樂和黃色歌曲，真沒意思！」他把收音機拍的一聲關起來，搖頭嘆息著說。

「要是有一部電唱機就好了。噢！對了，方阿姨家裡有一櫃子的古典音樂唱片，我帶你去聽好不好？」每當提起音樂，瓊華立刻就會想到方阿姨。

「方阿姨？是誰？」

「是媽媽的同學，就是前一個時期我去她家住了一個禮拜的那位。」

「我又不認識她，我不要去。」

「不要緊的，方阿姨人很和氣，她又是一位老師，很喜歡年輕人的。」

「再說吧！」韓健中模稜兩可地說。

「韓大哥！韓大哥！小玲睡著了。」正在這個時候，珣華在外面大聲的叫了起來。

兩個人連忙出去，他們看見小玲竟是伏在瑋華的身上睡著。瑋華的眼睛在近視眼鏡後面睜得大大的望著他們，露出一副尷尬的神色，模樣非常可笑。

「她怎會睡著的？」璿華問她的兩個弟弟。

「我們玩完了剪刀石頭布，哥哥講故事給我們聽，聽著聽著，小玲就伏在我的身上，一下子竟睡著了。」瑋華搶先回答。

「這一次你可不能不讓我參觀你的香閨了吧？」韓健中俯下頭來對璿華說著。一面就從瑋華身上抱起了他的幼妹。

「等一等！」璿華連忙跑進房間裡，仔細巡視一番，把所有認為不能給韓健中看到的東西都收起來，才開門讓韓健中抱小玲進去。

韓健中把小玲放在床上，轉過身來，就開始觀察她桌上的擺設。他先看到那盆花，但是他沒說什麼，只是露出了一個感激的笑容。接著，他拿起了擺在花盆旁邊的相框，端詳了半天，又看了她一眼，然後對她說：「送一張給我。」

「我不要！」她站在桌子的另一邊，雙手反剪在背後，歪著頭，頑皮地說。

「為什麼？」他彷彿被重擊了一下，臉色突然蒼白起來。

「我怕給別人看到。」

「你只是為了這個原因所以不肯答應？」

「嗯！」

「那麼我保證絕對不讓第三個人看到，你總可以答應了吧？」

「等你要回臺南的時候才送給你不好？但你也要送我一張呀！」

「回臺南？噢！璿華，我真不願意聽到這三個字！」他咬著嘴唇皮說，面色也更加蒼白了。

「我也不願意你回去，可是——」

「我真恨我自己，我們認識多年，為什麼不早些和你交朋友？我們錯過了多少機會呵！」

他雙手緊握著相框，喃喃自語。

「傻瓜！去年我還是個小孩子，什麼也不懂，你怎會和我交朋友呢？」

「那我就恨自己，為什麼要比你早生三年，否則的話，就不必跑到臺南。」

「不跟你說了，老講些廢話！十點多了，我得叫兩個小鬼去睡啦！」璿華看了看腕錶說。

兩人走出房間，看見珣華瑋華還一人捧一本故事書在看，但很顯然的，兩人的眼皮已有支撐不住的趨勢。

「你們兩個應該去睡了。」做姊姊的說。

「我要你們也睡我們才去睡。」珣華反抗著說。

「我們是大人，晚一點睡無所謂！」璿華說。

「不害臊，比人家大三歲就說是大人，羞羞羞！」珣華用手指劃著臉孔。

「你睡不睡？我會告訴爸爸媽媽的呵！」璿華生氣了。

「算了，算了，不要吵，我們大家都去睡吧！」韓健中用溫柔的眼光凝視了璿華一刻，然後一手拉著珣華，一手拉著瑋華，送他們進房間去。

第二天璿華醒來的時候，身邊的小玲已經不見了。客廳外有說話的聲音，吱吱喳喳的，細聽是她的兩個弟弟和小玲在講話。他們起得真早！他呢？他昨晚睡得可好？起來了沒有？一想到韓健中，她的睡意全消，立刻就爬起身來，開了房門出去。

一開門，看見韓健中和三個孩子正圍桌在吃稀飯，滿屋子熱氣騰騰的。

「璿華，快出來吃稀飯！」他一看見她，甜蜜的笑意立刻堆上臉。

「姊姊，韓媽媽給我們送稀飯來了。」珣華說。

「杜姊姊快來吃！」小玲也說。韓健中一直看著她，眼神中含有讚美的表情。此刻她才發覺，自己身上穿著件薄薄的睡衣，還沒梳洗，怎可以讓一個男孩子看見呢？她連忙退回房間，關上房門，一面換衣服，一面大聲對外面說：「我等一下就來！」

當她坐到飯桌旁邊時，三個孩子已吃完跑出去玩了，只剩下韓健中還守在那裡等她。

「真不好意思！還要韓媽媽送稀飯過來，我原來準備請你和小玲吃豆漿的。」

韓健中沒有回答她，卻問：「你為什麼要換衣服？」

「起來當然要換衣服啦！你為什麼這樣問？」她不解地望著他。

「因為你穿著睡衣時特別美！」他又牢牢地盯著她。

她低頭扒了兩口稀飯說：「請你不要看著我吃飯好不好？害得我都不好意思吃啦！」

「好！好！好！我不看你！」他坐到一旁去，就拿起一張報紙遮著臉。璿華忽然覺得，這情景多像我們家裡的每個早晨呀！爸爸吃完早點，坐在一旁看報紙，媽媽一個人就慢條斯理地吃著大家吃剩的小菜和涼了的稀飯。哎！我怎麼把爸爸媽媽來和我跟他相比？多難為情呵！悄悄地，她的頰上又泛起兩片紅暈。

吃完了，她收拾碗盤去洗，他也站起來搶著要做；結果是兩個人一起把碗盤捧進廚房裡，又一同把碗盤洗乾淨了。

這瑣屑的家務，兩個人合作起來卻似乎相當有趣。她忽然想出一個主意就：「今天我們自己來做飯！」

「你會嗎？」他懷疑地問。

「我當然會！你呢？」

「我對此道一竅不通，不過我可以幫你洗菜，幫你跑腿，最後那可以幫你吃！」

今天這頓飯五個人都吃得開心極了。兩個大的因為這既是自己親手做出來的菜餚，而又可以和心愛的人一起吃，所以吃起來加倍美味。三個小的則是在新奇與興奮的刺激下，雖值炎夏，卻是胃口奇佳；珣華瑋華每人吃了三大碗，連平常一向不添飯的小玲也吃了兩碗。

下午，韓健中溫著小玲回家去，璿華姊弟三人就眼巴巴地等待著爸爸媽媽從日月潭回來。

十四

她和他大大方方地併肩走出巷子，搭上開往螢橋的公共汽車。

「告訴了媽媽多好！今後我們可以公開的出去了。否則的話。我真不能忍受欺騙她的痛苦！」在車上，她對他說。

「你怎樣告訴你媽的？」

「我說，韓大哥很喜歡聽音樂，方阿姨家唱片很多，我帶他去聽好不好？媽一聽高興極了，她說，你快去嘛！你的方阿姨不知在忙什麼？這麼久都不來，你也可以順便看看她。就是這樣嘛！就解決了我們的困難了！」

「可是，瓈華，你別高興！即使公開了，我們也不方便天天出去，出去多了，你我的父母都會罵我的。」他的臉色有點陰沉。

「那當然！我們也沒有打算天天出去呀！」

「我們在一起的時間不多了，暑期只剩下半個月，半個月我們能見幾次面呢？我們總不能每次都去方阿姨家聽音樂吧？」

「去釣魚，去遠足，這總可以了吧？」她到底年紀小一點，想法比較天真。

「那就得帶著我們的令弟令妹，我寧願不去！」

「韓健中，」她第一次叫著他的名字，「別想得那麼多！我們再研究好啦！」

璿華懷著忐忑不安的心情輕輕敲著方芷的的房門，帶著男朋友去長輩的家，她多少是有些畏怯的。

「請進！」方芷的聲音在裡面說：

她推開房門，在這一瞬間，她和方芷都嚇了一跳。她嚇的是徐叔叔赫然在座；方芷嚇的則是她一向當璿華是小孩子，想不到這小孩子也有男朋友了。

韓健中更是最不安的一個，他幾乎沒有勇氣走進房間裡來。當璿華為他介紹了以後，他就默默地坐在靠門口的椅子，窘得手足無措。

「璿華，我說你這麼久都不來，原來是在忙著哪！」方芷正微笑地瞧著璿華，謔而不虐地取笑。

「方阿姨比我更忙哪！媽媽剛剛在怪您老不去哩！」璿華大膽地反攻著。

「是嗎？璿華，我看這樣吧！你把我的祕密向她宣佈好了，反正不久她也就會知道的。」方芷在說著，又情意密密地轉向她的愛人，「仁山，你說好不好？」

「這是你的事，我無權過問。」徐仁山微笑地回答。璿華看得出，徐仁山在看方芷時的眼光，和韓健中看自己時完全一樣。

「這位韓同學在哪一家學校上學？」方芷看見了韓健中的窘態，轉過頭去去逗他說話。韓健中回答了。璿華乘機就說：「方阿姨，他很喜歡音樂，我特地帶他來聽您的電唱機，可以嗎？」

「當然可以，歡迎歡迎！你想聽哪一張唱片？我現在就放給你聽。」方芷說。

「芷，我們出去，讓這兩位小朋友可以舒舒服服的聽，你說好不好？」徐仁山在一旁說。

「對，這是個好主意！璿華，你負責招待韓同學，隨便你們聽多久都可以，你們走的時候記得把門鎖上就行。」

「方阿姨，這太不好意思了！這不等於我們把你們趕走嗎？」璿華說。

「璿華，我們還是不要聽吧！太麻煩方阿姨了。」韓健中也說。

「韓同學，我待璿華就像自己女兒一樣，我和她之間是沒有客氣可言的，所以你也不必跟我客氣，我和徐叔叔本來也打算出去的，你來對我們一點影響也沒有，你千萬不可因此而不安，知道嗎？」方芷像哄孩子般的對韓健中說。

當她走進幕後去換衣服時，把瓘華也叫了進去附耳低聲地說：「你選擇得不錯呵！」

「我選擇什麼？」瓘華臉紅紅地假裝聽不懂。

「男朋友！」方芷故意一個字一個字的清楚地說。

「方阿姨真壞！他又不是我的男朋友，他是住在我們對面的鄰居嘛！」瓘華假裝生氣，在向她的方阿姨撒嬌。

「糟糕！他不是你的男朋友嗎？太可惜了！快點追呵！這是個好孩子哩！」方芷完了就縱聲大笑起來。瓘華心裡奇怪，方阿姨為什麼變得這麼活潑起來了。

方芷和徐仁山走了，房間裡就剩下年輕的一對；可是，韓健中並沒有因為他們不在而解除了他的拘謹與不安，他依然坐著不動。

瓘華打開了唱片櫃，對他說：「來呀！你看，這麼多的唱片！」

他走過去，隨便抽了幾張出來看，眼睛來不覺亮了起來。唱片都是原版的，光是那印著精美國畫的封套就夠他神往的了。他再細看那每一格上的標籤，簡直是包羅萬有嘛！貝多芬的九大交響樂，著名的四大小提琴協奏曲，全部彌賽亞，成套的歌劇，……，幾乎他所知道的古典樂曲，這裡全都了。

「方阿姨真幸福！有這麼多唱片！」韓健中蹲在櫃前，撫摸著一張唱片的封套，讚嘆著說。

「將來你自己賺到錢，就可以買了，現在，你要聽哪一些嘛？」璿華問他。

「我不要聽，這樣看看就夠了，試想：滿桌子的佳肴當前叫我如何下箸？你看，這是白髮蕭蕭的托斯卡尼尼無棒指揮的美妙姿態！這是鋼琴王子魯賓斯坦在彈奏蕭邦夜曲！這是神采奕奕的小提琴聖手海菲茲！這是美麗的女高音史蒂蓓！璿華，我簡直覺得我已高坐在卡內基音樂廳的包廂中了，我何必還聽呢？」韓健中凝望著面前幾張唱片的封套，喃喃自語。

「我簡直不明白你，神經兮兮的，本來一心要來聽唱片，現在又不聽了。」璿華說著，就乾脆不理他，自己坐到一旁去翻閱書報。

「璿華，我們還是走吧！現在我不想聽音樂，也不想在這裡坐，我只願我們兩個人靜靜在一起。」他把唱片收好，也坐到她身邊來了。

「現在不是只有我們兩個人嗎？而且這裡也很靜嘛！」她說。

「不要，這裡不是你的家，也不是我的家，坐著怪彆扭的，走吧！」他說著就站了起來。

「到哪裡去嘛？」

「隨便哪裡都好。」

她柔順地依了他，替方芷把房門鎖好，兩人又走到烈日煎熬下的街上。她沒有再問他要去哪裡，自自然地，兩人就走上了川端橋。

在橋上，他指著橋下河灘畔的竹林她對說，「那裡面陰涼些，我們到裡面去找個地方坐好不好？」

她點點頭，他就牽著她走到橋下。竹林裡很髒，滿地垃圾，蒼蠅亂飛；但他們卻視為天堂，因為這裡面很靜，彷彿遠離塵世。

走遍了整個竹林，他們只找到一小塊僅容一個人坐下的石頭。他把自己的手帕鋪在上面，請她坐下，自己卻一屁股坐在地上。

「你不怕髒嗎？」她憐惜地問。

「不要緊的，反正我這條卡嘰褲已夠髒的了。」他把下巴擱在籃起的兩個膝蓋上，側仰著頭望著她，又問：「我帶你到這種髒地方，你媽會罵你嗎？」

「我不知道，反正她並不曉得，而我以前也沒有這樣做過。」

「那你覺得我們這樣做對不對？」他又問。

「也不知道，我從來不會考慮過這個問題。你呢？你覺得怎樣？」她反問他。

「我覺得我們沒有什麼不對，我們並沒有做壞事嘛！我們選擇這個地方，只是為了避免人們可怕的目光和可怕的閒話而已。你說對不對？」他在撫弄著她擱在膝上的小手。

「對！對！你總是這樣會說話！我真笨得可憐！腦子裡想的，和嘴巴裡說出來的，往往不能一致。」

「這並不就表示你笨，是你的腦子比你的嘴巴伶俐呀！」

「我問你，你有和過別的女孩子約會過嗎？」突然間，她想起了這個久已積在胸中的問題。

「你想我會不會？」他回答的語氣粗暴得驚人，因為他覺得她的話近乎侮辱。

「我怎麼知道？」

「你有沒有和男孩子約會過？」

「我當然沒有！」

「那你何必問我？」

「你是你，我是我，我怎可以因為自己沒有就認定你也沒有？」

「你是說你不相信我？」

「我沒有說不相信你，問一下也不行嗎？」她氣得幾乎想哭了。

「相信就好了，你看我像個濫交女朋友的人嗎？」他的聲音又恢復了溫柔。

「我覺得你的脾氣有時很壞。」她把手抽了回來。

「同學們都說我脾氣好哩！我只是在最親近的人面前才發脾氣。如果我受了委曲，心裡不舒服時，便會向爸爸媽媽使性子。」他的頭低俯著，眼睛望著地下；從上面看去，璿華發現他兩邊的耳根都已通紅。

「這是撒嬌？不是發脾氣！」她嘻嘻地笑了起來，她覺得逗他生氣很好玩。

「我不許你胡說！我是個堂堂男子漢了，還撒什麼嬌？」他霍他跳了起來，順手在地上檢起一塊石子，使勁地丟向遠處，但是石子被拋出五六尺外，就踫在一根竹子上掉了下來。

「你又生氣了？」她一雙眼睛骨碌骨碌地望著他，心裡又感到有點害怕。

「我沒有生氣，只是心裡很煩。我們相聚的日子無多了還盡說些廢話幹嘛？」

「那麼我們說些什麼話好呢？喲！韓健中，快要五點了，我們得回去啦！」她無意中看了看錶，不覺驚呼起來。

「唉！走吧？」他無可奈何的伸出手來拉她，「真是相見不如不見，有情還似無情！」

「咦！你也讀過這首詞？」這兩句也是璿華最近讀到的心愛的句子，她聽見韓健中讀出，竟大感詫異。

「這是司馬光的〈西江月〉，是我在中學時就知道的。」他說。

「我很喜歡這兩句話，你呢？」她怯怯地問。

「我以前喜歡，現在卻討厭了。」

「為什麼？」

「因為它彷彿是在說我們的事，太不祥了！」

「你為什麼這樣迷信？」

「不是迷信，我只是對幸福太過渴望而已。」

他們走出竹林，步上橋頭。西斜的日頭熱度絲毫沒有減弱，曬得他們的皮膚發痛。他很沉默，一直不說話，在車站等車的時候，他才問：「你不打算把星期五的約會取消吧！」

「我也不知道怎麼辦才好！今天才在一起，星期五又一同出去，不知媽會不會不高興？」

她把車票捲起來，搓成長條，在手中搓來搓去。

「如果你有心想跟我出去，總有辦法找個理由出來的。」

「我不願再騙她了！你真不知道騙人的痛苦！」她低著頭說，一張車票快要被她搓爛了。

「那隨你便吧！」他的聲音裡沒有半點表情，她不用看，也想像得出他的臉孔一定是板著的。

她心裡想：哼！動不動就發脾氣，誰是你的出氣袋？就不答應你一次怎樣？

在車上，他們沒有說過一次話。到站後，她先下車；她走到巷口回轉頭來看，竟發覺他並沒有跟在後面。

十五

酷熱的天氣正是颱風的前兆，從星期四的上午起，便出了強烈颱風警報。這兩天，璿華正為自己拒絕韓健中而後悔，但少女的自尊心又不容許她向他低頭；她的內心痛苦與徬徨到了極點，颱風警報的發出，對她無異是一個解救。這是天意，即使我答應了，也沒有辦法外出呀！

風風雨雨，像產婦臨盆的陣痛一樣，一次比一次加緊；到了星期五的下午，颱風突然改道，卻帶來了傾盆的豪雨。

心情一直不安的她，什麼事也不做，懶懶的躺在床上，雙手枕頭，只是痴痴地望著玻璃窗外的狂風暴雨。她想起了一個禮拜以前在植物園中的情景，那是多富有詩意！多麼羅曼忒克的一次約會！雨中的一切多麼美妙！整個植物園，不，整個世界似乎都屬於我和他，如果那場雨水遠不停該多好！噢！不行，雨不停，就不能回家，那麼爸爸媽媽豈不擔心死了嗎？唉！做了大人，尤其是遇到了愛情之後多麼煩惱！做大人有多難！有沒有辦法能使愛情和父母不發生衝突呢？

窗外是白茫茫一片，豪雨把她的視線和韓家的窗戶隔絕了。風呼呼的吹，雨嘩啦嘩啦地下；媽媽和弟弟們都趁著這涼爽的天氣大睡午覺，她忽然感到有點孤零。他在做什麼呢？也和我一樣在痴想嗎？可憐的他，這兩天一定會因心情不好而大發脾氣了，如果是的話，這都是我害他的呀！

週末又是大晴天，暴風雨已去得無影無蹤，彷彿什麼都不曾發生過一樣，她懷著罪惡與羞恥的心情跟媽媽說她要到同學家問一道代數題，午飯後匆匆又趕到巷口的公共汽車站。

正如她所猜想的一樣，韓健中眼含憂鬱，蒼白著臉，早已等在那裡。上一次的不歡而散，使他們再見臉時都感到羞澀；他們像陌生人那樣帶著不好意思的表情相視一笑，然後又立刻掉過頭去。

車子來了，他們機械地走了上去，坐在一起，彼此都不開口。他（她）居然來了，這不但證明了我們心有靈犀，而且也證明了他（她）如何的愛我呵！幸福與甜蜜充塞在他們的胸臆中，他不期而然又執起她的手，而她也似無視於車中的其他搭客，沒有拒絕。時間彷彿只過去兩分鐘，他們發覺車廂空了，灰衣的車掌正用著不耐煩的眼光看著他們。

「原來到終點了。」他頑皮的伸了伸舌頭，笑著對她說。

兩人手拉著手，跳躍的離開了車子，才發現了他們已到了城市的邊緣。

「我們來這裡做什麼？」她望著路邊的一片稻田，茫然地問。

「我也不知道呀！既來之，則安之，我們還是找個地方坐坐吧！」他四周望了一望，最後指著稻田的那邊說：「那邊有一座小山，我們到山腳的樹蔭下歇歇吧！」

「也好。」她讓他拉著手，走過一條又一條的田埂。他們手心的汗水在交流著，三日來的煩惱與相思都被汗水溶解了。

呀！他們無意中發現一處樂園了！山腳下流著・水潺潺，還很清冽哪！澗邊有光潔的石塊，一株老榕樹，華蓋亭亭地為坐在石上納涼的人遮住了驕陽。

「這裡真好！」他們同聲叫著。又一起把汗濕的手浸到山裡，洗去了灰塵和汗水，再用冰冷濕潤的手在臉上輕拍著，使臉部也享受到清涼。

「坐下來吧！」他坐在那塊光滑的石頭上，指著身旁的地方對她說。

她不敢太靠近他，怯怯的在石塊邊緣坐下。

「過來一點嘛！這樣多不舒服！」他拉著她的手說。

她依了他的話，把身子往上挪了一些。

「你怎知我今天會在車站那裡等你？」他玩弄著她修剪得短短的指甲說。

「我沒有說知道呀！」她矯情地說，有意逗他。

「不知道為什麼要來？」

「假如我沒有來呢？」她俏皮的一笑。

「那我就站在那裡等到地球末日，讓自己變成化石。」

「又說神經話了！說老實的，那天你恨我了沒有？」

「有！恨你也恨我自己！昨天，在狂風驟雨的時候，想起了上次我們在植物園的情景。苦得想自殺！」

「噢！真的嗎？都是我不好！以後我再也不跟你鬧彆扭了。」

「不關你的事，我承認我自己的脾氣也壞了些；但是，請你原諒我，我是在最親近的人面前才發脾氣的呀！」他把她的兩手都緊握在自己的掌心中。

「我原諒你！」她喃喃地說，眼睛也不由自主的潤濕了起來。

炎夏的下午，微風不生，田野中寂無一人；除了潺暖的．水外，大地上的一切似乎都凝滯不動。並肩坐在石塊上這一對年輕的孩子，他們也真的希望光陰就此停頓下來呢！

當他們下次約會時，八月只剩下了一個星期了。這一次，璿華騙她媽媽說要去看電影，因為是一部重映的舊文藝片，不適於弟弟們看，所以不帶他們去；而事實上，她也是準備和韓健中去看的。

「璿華！你這個暑假裡過得太冷清清了！我看你既不去游泳，也很少去找同學，整天悶在屋子裡多無聊？我說，對門的韓大哥是個好孩子，年紀和你差不多，你實在不妨和他來往。你說他喜歡聽音樂，為什麼不再帶他到你方阿姨家裡去呢？」她臨出門的時候，媽媽笑微微的對她說。

「不想去打擾方阿姨，媽，您忘了方阿姨正在忙嗎？」

「啊！對了，我忘了方阿姨的好事近了。你們不想去打擾方阿姨，去別的地方也可以呀！」

「媽，他是個男孩子！」媽媽的關懷與體貼，使得她感動得快要哭出來了。她很想撲倒在媽媽的懷中，哭訴自己欺騙之罪，但結果，他只是委委婉婉地這樣叫了一聲。

「是的，媽知道，假如你願意和他做朋友，媽會替你安排一切。現在，你去看電影吧！回來我再把我的主意告訴你。」

媽媽替他們安排的是一次快樂的野餐，名義是答謝韓健中上次替她照顧孩子，其實，媽媽爸爸從日月潭回來的時候，已帶了一份相當分量的土產送給韓家的了。

野餐的地點是陽明山，參加的人是韓杜兩家的五個孩子，帶去的食物全是媽媽親手製出來的。

在遊人不多的山上，珣華瑋華和小玲三個小孩子，高興得在草地上亂叫亂跳翻筋斗。韓健中和璿華卻像大人一樣，安安靜靜地坐在一條石凳上看著他們。

「韓健中，我現在深深相信皇天不負苦心人這句話！」看著那三個活潑蹦跳的孩子，璿華突然若有所語地說。

「為什麼呢？」

「過去，我一直因為自己瞞著媽媽和你來往而痛苦難當；現在，媽媽居然鼓勵我和你做朋友，這不是天意是什麼？」

「是你的孝感動天！」他半認真半開玩笑地說。

「以前，在我的內心中一直負疚不安，從昨天起，我頓有如釋重負之感。啊！韓健中，我真快樂，快樂得想哭！也快樂得想大叫！」璿華說著，立刻以手掩面，嘴裡發出嗚嗚的聲音，連她自己也攪不清是哭還是笑。

「來吧！不管你是哭也好，笑也好：既然你感到快樂，為什麼不叫叫跳跳呢？來呵！」

他把她拖起，拉到那三個孩子那裡，參加了他們的捉迷藏遊戲；青春的笑語，童稚的嬌聲，頓時充滿在林梢與草坪。

十六

這最後的一週，簡直是他們這個暑期的黃金時代；他們公開的同去看了一次電影，聽了一次音樂，釣了一次魚，幾乎隔一天便見面一次，他們都覺得，生命真是從來不曾這樣美好過。

九月底，方芷和徐仁山的喜帖來了，方芷還附了一張條子給璿華，請璿華到她那裡住一晚，陪她渡過婚前的最後一夜。

然後她和韓健中傷神的一刻也來到了。參加了方芷婚禮後的第三天，韓健中過來告訴她，他明天就要回臺南了。

她輕描淡寫地跟媽媽說，要陪韓大哥買書，兩個人又坐公共汽車到了終站，他們選擇了那山澗旁邊的石塊，作為他們話別的沙發。

他們併坐著，他用手撐在石上，叫她把頭靠住他的肩膀，使她可坐得舒服些。在這一刻之前，他們原都以為一定有說不完的話；可是，別離的時間來了，他們又覺得一句也說不出。

他從口袋裡掏出一張生活照片交給她，那是他在校園中拍的。穿著白襯衫，領口敞著，就像現在一樣；雙手插在褲袋裡，臉上有一種滿不在乎的神氣，很帥！也很瀟灑！

「你的帶來了沒有？」他問。

「帶來了！」她也把預備好的照片拿出來，就是擺在案頭的那一幀，大眼睛亮得不能再亮，頰上的酒渦似乎在滴溜溜的轉。

「可愛的安琪兒！」他舉起照片放在唇邊吻著。

「我不許你拿出來給人家看。」她說。

「當然，難道我不怕人把我的安琪兒搶走嗎？」

「又胡說了！我不要聽！」她撒著嬌。

「你要不要寫信給我？」他把沒有撐著的一隻手伸過來握著她的。

「我不敢寫！」

「為什麼？」

「怕我的信被人家看到。」

「不會的，大學裡不檢查學生書信的。」

「那麼我可能寫給你，但是你不要回給我。」

「你不喜歡接到我的信？」

「不是的，第一我怕你的信會使我對功課分心；第二不想爸爸媽媽知道我們這樣親熱；第三，珣華會取笑我的。」

「你理由真多！心眼兒真多！這樣說，難道分別以後你就不想念我？也不想知道我消息？」

「當然想！不過我可以從小玲那裡打聽你的情形呀！」

「璿華，不寫信給你我會很難受的，在一個學期裡我只寫一封信給你總可以吧？我真不想離開你呵！」

離情別緒又使得他們沉默起來了，潺湲的溪水聲聽來也彷彿變成了嗚咽。

「韓健中，方阿姨很稱讚你哩！」這次璿華首先打破沉默。

「她誇讚我什麼？」他對這句話並不表示有興趣。

「她說你外形和內在都好，是個不可多得的青年。」

「你一定在她面前瞎吹！」他的臉有點紅了。

「沒有！我只說過你功課很好，她還說我——」她抿著嘴在笑。

「她說你什麼？」

「她說我夠眼光。」現在輪到她臉紅了。

「你的眼光才不夠哩！你選到一個壞脾氣的傢伙，一個窮學生，他只能和你到郊野去約會。」撐在石頭上的手累了，他輕輕地從她身後移開了它，換過了一個抱膝的姿勢又問：「方阿姨還跟你談了些什麼？」

「噢！那真是一個富有詩意的夜晚！」璿華也抱著膝，仰起頭，眼睛半閉著，似乎有無窮的回味。「我和方阿姨在橋上散步，我們只是從橋的這一端走到那一端，始終沒有離開橋上半步卻走了差不多一個小時。」

「人家問你方阿姨講了些什麼？」他打斷了她的話。

「你聽我說嘛！她先是稱讚你，取笑了我一番，然後就扯到她自己身上了。她大約是忘了我是她的後輩吧？她一直喃喃不絕地在講她和徐叔叔戀愛的經過，雖然在黑夜中我看不到她的眼睛，但我想像得出那一定是發亮光的。俗語說，人逢喜事精神爽，方阿姨現在比從前美麗得多了，尤其是做新娘那天，真是一點也看不出她已經是個快四十歲的人。」說著，她輕輕推了推韓健中的手，問他：「你說方阿姨好看嗎？」

「我不知，除了你以外，我從來沒有注意過別的女人的面孔。」他順勢又捉住了她的手。

「那你起先怎會注意到我的？」

「我也不知道為什麼。老實說，在一兩年前我就注意到對門有一個可愛的小女孩，我常常在窗口後面看著你上課下課，只是沒有勇氣和你打招呼而已。那天，你抱著個洋娃娃來找小玲，我問我自己，這個美麗的女孩子是誰？為什麼看起來有點臉熟？打從那一秒鐘起，我的心就再也無法從你身上收回。璿華，你可相信我的話？」他把她的手輕輕揉弄著，彷彿要把他的心意從掌心中傳給她。

「相信。我記得：那天是我生日後的第二天，暑假剛開始；可是如今我的暑假已過，你的也快完了，我們也要分別了。」回憶使她傷感，她咬著嘴唇皮，不斷地眨著眼睛，以阻止那些快要滾落下來的淚珠。

天色漸漸暗了起來，一堆烏雲遮住了初秋的如火的太陽，田埂上颳起了一陣狂風，居然有點涼意。她打了個噴嚏，他連忙伸手去摸住她裸露的臂膀，溫柔地問：「冷嗎？」

「不冷！」她說著又一連打了兩個噴嚏。

「我們還是回去吧，看天色似乎要下雨，我不要害你受涼！」他說著就站了起來。

「你不是喜歡在雨天出遊嗎？」她調侃著他。

「這裡可不像植物園，四面都沒有躲雨的地方，怕不淋成落湯雞才怪？這可愛的地方，我們明年再來吧！」

他們向那棵老榕樹，那清冽的山，和那塊光潔的巨石行了深深的注目禮，然後手牽手的穿過田埂，走向公共汽車站。

雷聲隱隱地在天邊響了起來。

十七

開學後的一個星期日，璿華到馬少珍家裡去，她們又去約了高芬蘭和孫眉眉，四個一道上街去蹓躂，因為不久之後，她們將會忙得沒有時間去玩了。

爸爸在家裡要寫信，一時找不到信紙，他叫珣華去看看姊姊的抽屜中有沒有。

「爸爸，姊姊的兩個抽屜都鎖著，打不開。」珣華回來告訴爸爸。

「打不開就算，你給我到街上買一疊回來吧！」爸爸說。

「璿華這孩子，抽屜裡又沒有貴重東西，幹嘛要鎖起來呢？」媽媽在一旁說。

「孩子長大了，總會有自己的祕密的呀！」爸爸的眼光裡揉雜著得意和傷感的成分，注視著媽媽：「淑惠，孩子長大了，咱們也老了！」

「可不是嗎？唉！來臺灣一晃眼又十二年啦！」媽媽也嘆起來了。

是的，鎖在兩個抽屜裡面的是璿華的祕密，那裡面有日記本，韓健中的照片和一封信，這都是她在這個暑期裡的收穫。

在昨天的日記裡，她這樣寫著：

從現在起我已不再懷疑，我真的是一個大人了，因為我已嚐到戀愛的滋味。

他前天走了。晚上我偷偷哭了一場，昨天一天心裡一直很難過，今天，倒好起來了，他應該走的，我們都還在求學時代，不應該為了戀愛而荒廢了學業。我們已過了一個甜蜜的夏天，心頭充滿了美好的回憶，這還不夠麼？

案頭的石竹花謝了，明年還會再開；長夏過去了，明年還會再來；我們的歡樂過去了，我願意等待，我知道它也會再來的。

畢璞全集・小說10　PG1364

十六歲

作　　者	畢　璞
責任編輯	劉　璞
圖文排版	周妤靜
封面設計	楊廣榕

出版策劃	釀出版
製作發行	秀威資訊科技股份有限公司
	114 台北市內湖區瑞光路76巷65號1樓
	電話：+886-2-2796-3638　傳真：+886-2-2796-1377
	服務信箱：service@showwe.com.tw
	http://www.showwe.com.tw
郵政劃撥	19563868　戶名：秀威資訊科技股份有限公司
展售門市	國家書店【松江門市】
	104 台北市中山區松江路209號1樓
	電話：+886-2-2518-0207　傳真：+886-2-2518-0778
網路訂購	秀威網路書店：http://www.bodbooks.com.tw
	國家網路書店：http://www.govbooks.com.tw
法律顧問	毛國樑　律師
總 經 銷	聯合發行股份有限公司
	231新北市新店區寶橋路235巷6弄6號4F
	電話：+886-2-2917-8022　傳真：+886-2-2915-6275

出版日期	2015年6月　BOD一版
定　　價	200元

國家圖書館出版品預行編目

十六歲 / 畢璞著. -- 一版. -- 臺北市：釀出版,
2015.06
面； 公分. -- (畢璞全集. 小說；10)
BOD版
ISBN 978-986-445-006-0(平裝)

857.7 104006488

讀者回函卡

感謝您購買本書，為提升服務品質，請填妥以下資料，將讀者回函卡直接寄回或傳真本公司，收到您的寶貴意見後，我們會收藏記錄及檢討，謝謝！

如您需要了解本公司最新出版書目、購書優惠或企劃活動，歡迎您上網查詢或下載相關資料：http:// www.showwe.com.tw

您購買的書名：________________________________

出生日期：________年________月________日

學歷：□高中（含）以下　□大專　□研究所（含）以上

職業：□製造業　□金融業　□資訊業　□軍警　□傳播業　□自由業

□服務業　□公務員　□教職　□學生　□家管　□其它____

購書地點：□網路書店　□實體書店　□書展　□郵購　□贈閱　□其他

您從何得知本書的消息？

□網路書店　□實體書店　□網路搜尋　□電子報　□書訊　□雜誌

□傳播媒體　□親友推薦　□網站推薦　□部落格　□其他________

您對本書的評價：（請填代號　1.非常滿意　2.滿意　3.尚可　4.再改進）

封面設計____　版面編排____　內容____　文／譯筆____　價格____

讀完書後您覺得：

□很有收穫　□有收穫　□收穫不多　□沒收穫

對我們的建議：________________________________

____

____

____

請貼
郵票

11466
台北市內湖區瑞光路 76 巷 65 號 1 樓
秀威資訊科技股份有限公司 收
BOD 數位出版事業部

（請沿線對折寄回，謝謝！）

姓　名：＿＿＿＿＿＿＿＿ 年齡：＿＿＿＿ 性別：□女 □男

郵遞區號：□□□□□

地　址：＿＿＿＿＿＿＿＿＿＿＿＿＿＿＿＿

聯絡電話：(日) ＿＿＿＿＿＿＿＿ (夜) ＿＿＿＿＿＿＿＿

E-mail：＿＿＿＿＿＿＿＿＿＿＿＿＿＿＿＿